バスケットボール試合観戦

「はやっ!!
コートの端にいたのに
相手コートにあっと言う間!!
うわ、飛んでる!」

興奮してはしゃぐ七海が、
試合につられて身体を左右に動かしたり、
ピョコピョコと飛び跳ねたりしていた。
どうやら七海はスポーツ観戦の時に
身体が動くタイプのようだ。

「あの……えっと……お、お兄さん？
良ければ私と……
一緒に遊びませんか……？」

ナイトプールにて
「そこのカッコいいお兄さん達……

誰かと待ち合わせですかー？」

「良かったらぁ、
私達と遊びませんかぁ？

ピチピチのＪＫですよ～？」

背後からのその声は聞き覚えのある声で、聞いた瞬間に全員で顔を見合わせながら苦笑いを浮かべてしまった。

わざとらしく、逆ナンみたいに声をかけてきたのは当然ながら彼女達だ……。

「……愛してる」
「私も、愛してるよ」
彼女は無邪気にニッと笑った。
僕も負けじと彼女に笑顔を返す。

陰キャの僕に罰ゲームで告白してきたはずのギャルが、どう見ても僕にベタ惚れです 5

結石

HJ文庫
1056

口絵・本文イラスト　かがちさく

Contents

プロローグ　気付く変化、気付かない変化

　それは、何気なく言われた一言だった。

「……なんか二人、距離近くなってね？」

　誰が言ったのかは分からないんだけど、その言葉は確かに僕達の耳に届いた。どの二人の距離が近いのだろうかと、僕も七海も少し周囲を見るんだけど、すぐに、いやお前等だよとツッコミが入る。

　距離……近いかな？　僕も七海もお互いに顔を見合わせて、ほとんど同じタイミングでゆっくりと首を傾げた。いつも通りの距離だと思うけど？

　その反応を見て、僕達を見ていた周囲はやっぱりなんか近いと口々に言っている。うーん、僕も七海も距離が近いつもりは全くなかったんだけど……。

「あー……そーだろーなー」

「まぁ、近くもなるよねぇ……」

　そんな僕達を見て、音更さんと神恵内さんは苦笑を浮かべつつ呆れたように呟いた。

その呟きは小さくて、僕と七海にしか聞こえていなかったけど……どうやらこの二人から見ても僕と七海の距離は近く感じられるようだ。

それから僕等は、昼休みにもクラスメイト達から……放課後に至っては先生にまで、なんか随分と距離が近くなったなとか言われる始末だった。

そこまで何か変わっただろうかと僕達が疑問に思っていると、その疑問に答えるように音更さん達は彼女達から見た僕と七海の様子を教えてくれる。

「いや、ホント二人の距離は近くなったよ」

「逆にそれで近くなってないとかは、無理があるよねぇ」

ケラケラと笑いながら神恵内さんが言うんだけど、僕はどうにもピンとこない。確かに今の僕と七海は手を繋いでいるけど、それだっていつも通りだ。いや、これがいつも通りになったってのはそれはそれで……なんだけどさ。

「別に、いつも通りの距離じゃない？」

七海も頬に指を当てながら首を傾げ疑問を口にするんだけど、二人はちょっとだけ頬をかきながら、どこか呆れたように表情を引きつらせた。

「あー、物理的な距離ってか……なんつーのかな、精神的な距離感っての？　ま、元から物理的な距離も近いけどな」

「そうそう、雰囲気が近いって感じだねぇ。物理的な距離も当然近いけど」

揃って物理的な距離も近いと言われてしまった。そんなに近いだろうか。

それにしても雰囲気……なんだか随分とふわっとした感じだなぁ。だからクラスメイトも僕達を見た時になんか距離が近いって曖昧な言い方になったんだろうか。

「そんなに？」

思わず出した僕の声と、七海の声がハモる。音更さん達はその言葉を聞いて、声を出してどこか嬉しそうに笑った。偶然だけど、ハモってしまったことに僕も七海も頬を赤く染める。

笑い終えた二人は、どこか慈愛に満ちた微笑みを浮かべ……若い二人の邪魔をしちゃダメだなと手を振りながら帰っていった。いや、同い年でしょうが二人とも。

二人を見送りながら、音更さん達と気まずくならなくてよかったと僕は密かに安堵する。二人とも七海の大切な友達だから、その二人と気まずくなったとしたら彼女も悲しむだろうし……。

そんなことを考えながら七海の方に視線を送ると、七海もこちらに視線を送っていたのか目が合った。目が合うと、七海は少しだけ苦笑する。僕もそれを見て思わず笑ってしまった。

「……そんなに変わったかなぁ？」

「うーん。いつも通りだと思うんだけどねぇ」

小首を傾げながら七海は疑問を口にするんだけど、やっぱり僕はピンとこなかった。

でも、そういう変化を自分達では認識しにくいってのは漫画とかでもよく見る話だ。現実にあるかは分からないけど、周囲から見たら明らかなのに知らぬは当人ばかりなりってのが、今の僕等に起きている事なのかもしれない。

それに、僕等にはその変化の原因に心当たりがあるしね。ありすぎるくらいある。それは音更さん達と気まずくならなくてよかったと思ったことにも関係している話だ。

僕はそれを振り返る。

……とても月並みな言い方だけど、始まりがあれば必ず終わりもやってくる。それについては一切の異論を挟む余地がない。望む望まないに関係なく、終わりは必ずやってくる。

そこに良い悪いもない。なんせ僕は、つい先日その一つの終わりを経験したばかりなのだから。もしかしたら、他者から見ればアレは終わりではなく区切りではないかと考えるかもしれない。だけど、僕にとっては区切りというよりもアレは一つの終わりだ。

どちらかというと、区切りは一週間ごとのデートがそうだったんじゃないかな。これまた月並みな言い方だけど、どんなものにも区切りというのものは存在するんだ。

四つの区切りと、一つの終わり。

それが、あの一ヶ月で僕が経験した出来事だ。遠い昔のように言ってるけど、つい数日前の話なんだよね。それはとても貴重で、大げさでも何でもなく、唯一無二(ゆいいつむに)の経験じゃないかな。

もしかしたら僕と似たような経験をした事のある人はいるかもしれないけど、それでもそれは僕の経験とは違(ちが)うと断言する。

正確には、僕の経験ではなく僕等の経験と言っていいかもしれない。うん。改めて考えても、これは僕と僕の彼女である……七海との話なんだなと実感する。僕の彼女……うん、彼女だ。

改めて、七海を僕の彼女と呼べることに安心感を覚える。

僕の選択(せんたく)と行動次第(しだい)では、七海のことを彼女だと呼べない可能性もあったんだよな。その可能性がどれだけだったかは分からないけど……本当に良かった。

何があったのかについて、あまりもったいぶった言い方をしても仕方がない。でも、どうしてもそんな言い方になってしまう。これは、あの時に起きた様々な事を考えてしまうからかな。

それでもここで、明言しておこうか。

僕が経験した終わりは、七海との交際だ。

……いや、これだと合っているけど正確さに欠けるな。この言い方だと、まるで僕達が別れたみたいだ。終わったのはただの交際じゃなくて……罰ゲームでの交際ってやつだ。

響きだけで考えると、本当にひどいものだけど。

そう、僕は七海と少し前まで罰ゲームの交際をしていた。罰ゲームは七海の方で、僕にとっては……青天の霹靂ってやつかな。表現間違ってるかもしれないけど。

そして……つい先日、その罰ゲームが終わった。

罰ゲームは終わって、交際については終わらなかった。

それだけの話……と言うのは簡単だけど、そこに至るまでどれだけの長い道のりだったか。一ヶ月が一年くらいに感じられた気もするし、逆にあっと言う間だった気もする。

今思い出しても、七海から罰ゲームの交際だったんだよと改めて言われた時は、予想外過ぎて肝が冷えた。まさか七海がそのことを僕に告げるなんて思ってもいなかったからね。

その後はまぁ、色々あってお互いにお付き合いを継続するという選択をした。なんか言い方がちょっと堅いけど、そういう表現しかできないんだから仕方ない。

終わりよければ全て良し。

終わりがあれば次の始まりもある。

どこか歪だった僕と七海の関係は、改めてスタートした。スタート……したんだけど……。

「でも、何が変わるんだろうか？」

僕はポツリとそんなことを呟く。

そうなんだよね、僕と七海の関係が新しく始まって何が変わるのだろうかと冷静に考えてみると……実は何も変わらないんじゃないのか？

いや、周囲から見るとどうやら距離感とやらが変わっているようなんだけど、僕の気持ちや心構えなんかは何も変わってないんだよ。

あれから少し時間が経過して何か変わるかなと思ったんだけど……驚くほど何も変わらない。変化するのが必ずしも正しいわけじゃないけど、これでいいんだろうか……。なんて考えも頭に浮かんでくるんだ。

そこまで考えて、僕は一つ確実に変わることに思い至る。そうだ、これは確実に変わるじゃないか。今更気づくのも遅いかもしれないけど。

それは、七海が僕のことを好きだという確信を持てたことだ。

これだけ聞くととんでもなく己惚れてる人の言葉みたいだけど、思春期男子的に好きな女性から好かれていると確信を持てているのはかなり大きい。

今まではその辺りが疑心暗鬼だったけれども、これからは確信を持って行動に移せる……。行動……。行動？　あれ？　でも確信を持ったからって何をすればいいんだろうか？

僕の思考はそこで戻ってしまう。なんだか、堂々巡りだ。

「なーに唸ってるのさぁ？」

僕が一人でうんうん唸っていると、頬が押される感触と共に七海の声が聞こえてきた。

何でもないよって言うのは簡単なんだけど、この考えは共有しておいた方がいいのだろうか。

うん。隠しておいたらロクなことにならないし、言っておこうか。

「いやね、僕等ってこれからどう変わっていくのかなって思ってさ」

「変わるって……陽信、なんか変えたいことでもあるの？」

首を傾げる七海に、ちょっと説明を端折りすぎたかと反省する。ただ言葉にするのがちょっと難しいというか、なんて言葉にすればいいんだろうか。僕は探り探りになりながらも口を開く。

「えっと、ほら……僕等ってさ、ついこの間まではなんていうか……言ってしまえば仮のお付き合いだったわけじゃない」

「仮のお付き合いって……まぁ、そうだね。うん、それで？」

「それがこの前の記念日で仮が取れてさ、えーと……僕等はちゃんとした交際をするようになったじゃない。つまりはその……本当の恋人同士になったよね」

……口に出すとなんだろう、頬が熱くなってきた。僕、こんなこと言うタイプじゃなかったんだけどなぁ。いやもう、言ってしまったのなら仕方ない。このまま押し切ろう。

「だから、本当の恋人同士になったのなら……なんかこう、なんか変化を求めなきゃいけないのかなと思ってさ。前と同じでいいのかなって」

後半は少し早口になったけど、僕は今考えていることを七海に素直に伝える。言ってからも徐々に頬は熱くなって、やがて顔全体が熱くなる。たぶん、真っ赤になってるな僕。

そんな僕に七海はとても優しい微笑みを浮かべて、僕の頬を指で突っついてきた。

彼女の細い指が僕の頬を押して、その感触に僕は彼女の指の動きを視線で追う。そのまま七海はその指を口元に持っていって、少しだけ考え込む素振りを見せた。

無言の彼女に、僕はなんだか叱られる前の子供みたいに緊張してしまう。冷や汗が少しだけ流れて、心臓がドキドキする。指先が冷たくなって、手に汗が滲んで七海が気持ち悪くならないかと少し心配になった。

繋いでいる手を離した方がいいだろうかと思って、視線を手に向けた瞬間に七海はまるでタイミングが分かっていたかのように口を開く。

「じゃあさ、どんな変化をしてみたいかって相談してみない？」

「へ？」

予想外の言葉に、僕の口からは間の抜けた言葉が出る。てっきり僕は無理に変化しなくてもいいんじゃないって、僕を窘める言葉が出てくるのかなとか思ってたんだけど、そうじゃなかった。

僕がその言葉に二の句が継げないでいると、七海は小さくフフッと笑ってウィンクをしながら僕の頬を再び突っついてくる。プニプニとされながら七海の言葉を僕は待つ。

「私と陽信の関係って不思議だよね。最初は無関係で、次に罰ゲームで、今は本当にお付き合いをし始めてる。この一ヶ月だけで、関係が凄く変化してるよね」

「言われてみれば……そうだね」

「だからさ、たぶんこれからも自然とたくさん変わっていくと思うんだ。それだったらさ、変化するのを前提にどんな変化が嫌とか、こんな変化ならいいよねとか……変化するのを前提に、一緒にお話ししながら関係を進めたいなって思ったんだ」

「変化を前提に……」

「うん。その方がさ、楽しそうじゃない？」

そんな考え方は僕の中になかったので、七海の言葉に僕は目から鱗が落ちるような思いだった。僕は何をすればいいかと考えたり、変化すること自体をどこか怖がっていたけど、七海は変化も僕等の関係の一部だと考えている。

なんだか絡まった糸がスッとほどけたような、堂々巡りが終わったような、色々なものがストンと胸に落ちた気持ちだ。

「そうだね、確かに楽しそうだ」

僕が笑うと、七海は歯を見せてどこか悪戯っぽく笑った。さっきまで出ていた冷や汗も引いていて、冷たくなっていた指先にも熱が戻ってくる。

僕は改めて、七海の手をギュッと握る。七海は目を見開いてちょっとだけ驚いた表情をするけど、すぐに僕の手をギュッと握り返してくれた。

「そういえばさぁ、変化と言えば陽信ってなんか見た目変えたりしないの？　最近、トオルさんに陽信をまた連れて来てってお願いされるんだよね」

「え……？　だってつい数週間前に行ったばかりだよ……？　髪を切りに行くのって別に半年に一回で充分なんじゃ……」

「えっと……男の人ってそれが普通なのかな？」

そんなことを話しながら僕と七海は二人で歩く。

七海の言葉に安心しきっていた僕はこの時に一つのことを失念していた。

それは……七海がよくよく自爆をしてしまうという点だ。この時も七海は平気そうだったからそのことを僕は全く気付いていなかった。

そのことを僕が知るのはこのすぐ後……。

まだまだお互いのことを知らない僕等の新しい日々は、こうしていつも通りに、穏やかに続いていた。

行動や関係性に変化がある一方で、当然のことながら変化しないものもある。それは不変……とまではいかないけど、少なくとも今は変わっていないものだ。

今日みたいに、僕が七海の家にお邪魔することもその一つだ。

出張中だった僕の両親は既に帰ってきて、七海の家に頻繁に通う理由がなくなったんだけど……「こうやってお邪魔することもなくなるんですね」みたいなことを僕が言ったら、茨戸家の皆さんに反対された。

特に強く反対したのは睦子さんと厳一郎さんだ。七海も反対したけど、下手したら二人は七海以上だったんじゃないだろうか。ありがたいけど、いいのかなぁと思いつつも……結局僕はお言葉に甘えることにした。

そんなわけで、僕は今日もこうやって茨戸家にお邪魔している。さすがに毎日ではないけど。

だけど、さっき変わらないと言ったばかりで恐縮なんだけど……今日は少しだけそれに変化があった。

いつもは七海と一緒に茨戸家に帰宅したら、そのまま七海に料理を教わったり、その日の晩の料理を七海と睦子さんと三人で作ったりする。

……よくよく考えると彼女の母親と一緒に料理を作るって特殊過ぎるな。ホントに今更だけど。

だけど僕は今、睦子さんに促されて……七海の部屋にいる。今日は睦子さんが一人で腕を振るいたいそうだ。七海も手伝うと言ったが断られたので当然、七海も一緒にいる。

それが変化の一つ。小さな変化だけど、何もしないでいるのは初めてかもしれない。

そしてもう一つの変化は……今部屋にいる七海だ。いや、七海がいるのは彼女の部屋だから当たり前と言えば当たり前なんだけど……。

なぜか今……僕と彼女の距離がほんのちょっとだけ遠い。

さっきまで距離が近いとかそんな話をしてたのが嘘みたいに、僕でもすぐに察知できるくらいに、あからさまに七海は距離をあけている。

今までだったら一緒に部屋に入ってきたら途端にくっついてきたり、僕に膝枕をせがんだり、なんだったら僕を膝枕したりと……。うん、無茶苦茶やってる気がする。

とにかく、部屋で二人きりになると色んな事をしたがる七海なのだが……今日はわざわざクッション一つ分だけ離れて座っている。しかも体育座りだ。

よく見ると……僕の方に視線をあんまり送ってこない。チラチラと横目で見てきては、顔を背けて隠してしまう。さっきまでは普通だったのに、部屋に入ったら急にである。

……なんでだろ？

僕は少しだけ身体を浮かせて、半歩分だけ七海に近づくと……彼女はちょっとだけ身体をピクリと震わせて上半身を反射的にちょっとだけ遠ざける。

それを見て僕は、身体を元の位置に戻した。

……地味にちょっとショックを受けてしまった。

七海も自分が身体を遠ざけたことを自覚していたのか、ちょっとだけ焦ったように手を宙に浮かせていた。妙に焦った気持ちになった僕は、その気持ちを抑えるようにゆっくりと口を開く。

「七海……？　どうしたの？　僕、なんかしたかな？」

僕の言葉を受けても、七海は小さく首を横に振るだけだ。どうやら、僕が何かをしたわけではないらしい。だけど、うーん……こんなことになる心当たりがない。

再び顔を上げた七海が、チラッと僕を見る。僕は七海と視線が合うと笑みを浮かべるのだが……。僕と視線が合った途端に七海はサッと顔を隠してしまう。

マジか。これもちょっとショックだ。いや、ちょっとじゃないな。かなりショックだぞ。ショックを受けた僕は、それでも七海に声をかけようとして……顔を隠している七海の耳が赤くなっていることに、そこではじめて気がついた。

耳が赤く……いや、耳だけじゃない。よく見ると横から見える頬も、首のあたりも朱に染まっている。全体的に真っ赤っかな状態だ。だけどそれを見て、僕の頭はますます混乱してしまう。

「……ねぇ、七海……なんで赤くなってるの？　えーと……赤くなる要素ってあったっけ？」

思い返してみても、七海が赤くなる要素が思い浮かばない。さっきまで一緒に帰って、変化について話をして……家についてからは部屋に来て……と、それだけだ。

ただまぁ、どうやら七海は怒っているわけではないらしくその点は安心した。様子を見るに、何かに対して照れているようだけど……何に照れているのだろうか？

とりあえず僕はそれ以上追及せず、七海の気持ちが落ち着くのを待つ。

さっきまであった焦りはもう僕の中にはなかった。落ち着いたらきっと話してくれるだろうと考えたからなんだけど、その考えは間違いじゃなかったようだ。

僕の方へ視線を送りながら、七海はおずおずと話し始めた。

「えっとね……あの……私と陽信ってさ……罰ゲームの告白で付き合ってたじゃない？」

「そうだね。うん。この間まではそうだったよね」

「それでさ……今ってその……正式な恋人になったんだよね、私達って……」

「えっと……そうだね。さっきその話したよね」

改めて確認するように、七海はゆっくりと口を開く。うん……それが照れる要素にどう繋がるんだろうか……？　遠慮なくイチャイチャできる要素じゃ……いや、自重しろ僕。

でも、ちょっとだけ照れる要素としては拍子抜けしてたりする。ただ、僕のその考えも次の七海の言葉で霧散した。

「なんかね……改めてその……本当に彼氏と……陽信と部屋で二人っきりなんだって意識したら……今更だけど緊張しちゃって……」

「……へ？」

思いもよらない一言に、僕の思考がストップする。

僕と七海が罰ゲームの関係だったのはこの間までだ。正式に恋人同士になってから一回デートもした。あれからもう数日は経過している。

今更と言えば、今更な話だ。

でも……こうやって改めて恋人同士だと、落ち着いて確認はしていなかったかも。バロンさん達に話をしたりして、最近は色々とせわしなかったからなぁ。

僕と七海は罰ゲームの関係だった。それはつまり、僕達の間には「罰ゲームの告白」という名の緩衝材みたいなものがあったとも言える。

今までの僕等は、お互いに相手に好きになってもらう事を考えて行動してきた。だから多少大胆でも「これは罰ゲームだから」みたいなことを無意識に言い訳にできていた。

罰ゲームを建前にした行動……それが今までだった。だから緩衝材だ。それを僕も……遅まきながら理解して……今まで無意識だった部分を意識してしまった。

緩衝材が、なくなったのだ。

「あ……いや、その……。そうだね……二人っきり……なんだね……」

「う……うん、二人っきり……だよね」

意識したことから、急に僕の言葉もどこかぎこちなくなる。

正確には睦子さん達も家にいるのだから、厳密には二人っきりとは言えないかもしれないけど、それでも今はこの空間に二人っきりだ。いや、今までも二人きりだったんだけどさ。

僕等の間には今、クッション一つ分の距離が空いている。

……今、そのクッション一つ分の距離がやけに遠く感じる。あっと言う間に縮められるのに、遠い。今まで僕ってなんであんなことできてたの？　ってくらいに僕も緊張してきた。

……いや、緊張しているのは七海も同じ……。下手したら僕以上に緊張しているだろう。なんせもともと……七海は男の人が苦手だったんだ。今更かもしれないけど、それを意識したなら、なかなか動きづらいよね。

うん。ここは……僕から動かないとダメだよね。

別にそれが男の役目だとか、そんなことを言うつもりはないけどさ。単にこれは順番の問題だ。さっき僕の不安をなくしてくれたのは七海だ。だから、次は僕の番ってだけ。

「ねぇ、七海……近くに行っても良いかな？」

普段は口にしないようなことを僕は口にする。少し歯の浮くような台詞な気もするけど、今の七海に許可なく近づいたらビックリさせちゃいそうだから、そこはグッとこらえた。臆病な猫を相手にしているような気持ちだ。僕、猫とか飼ったことないから完全に想像だけど。

まるで透明な板があるかのような気持ちをなくすために口にした言葉を聞いて、七海は一瞬だけ目を見開いて驚くけど……こくりと静かに頷いた。

僕は安堵して改めて七海を視界に入れると、やけに彼女が輝いているような気がした。

急に起きたその現象に一度目をこするけど、やっぱり七海がやけに輝いて……今まで以上に可愛(かわい)く見えるのは変わらなかった。

「うん……じゃあ……近づくね」

緊張しつつゆっくりと……小学校の時に学校で飼っていたウサギを怖がらせないよう近づいたことを思い出しながら……僕は七海の横に移動する。今もあのウサギはいるんだろうか。

移動しても、僕はすぐに何か行動を起こしはしない。七海の心が落ち着くのを待つ。

……まぁ、僕も緊張し過ぎて時間が欲(ほ)しかったところなんだけどね。

部屋には沈黙(ちんもく)が訪(おとず)れて……でもそれが不快ではなかった。むしろ、時間が経過するにつれて僕はその沈黙をどこか心地(ここち)よく感じる。

七海もそうなのか、先ほどまでの頬の赤みは落ち着いて……表情が少しだけ柔(やわ)らかくなる。

そして……その沈黙を破ったのは七海だった。

「……ねぇ、陽信。頭、撫(な)でてくれないかな？」

ちょっとだけ七海は自分の身体を傾(かたむ)けて……僕の身体にほんの少しだけ自身の身体を触(ふ)れさせる。今までなら、いきなり僕の膝(ひざ)に頭を乗せてきたりしていたところだろうな。

七海は改めて確認を取ってから、僕に頭を差し出すように傾ける。僕は一度だけ唾を飲み込むと、掠れた声をかろうじて絞り出す。

「頭……撫でて良いんだよね？」

「うん……お願い……」

ゆっくりと手を上げて、僕は七海の頭に手を乗せようとするのだけど妙に緊張してしまう。……手汗とか大丈夫かな？

ちょっとだけ心配になった僕は、一度ハンカチで手を拭いてから七海の頭に手を乗せる。七海の髪を久々に触ったけど……サラサラとしていてとても良い手触りが掌に伝わってくる。まるで上質な絨毯を撫でているように、いつまでも触っていたい気分になってくるな。

そのままゆっくりと七海の頭を撫ではじめる。頭を撫でていると……彼女はどこか気持ちよさそうに目を細め、そして……。

「……フフフッ」

「……ハハハッ」

僕等はお互いに吹き出すように笑い出した。

七海は頭を撫でている僕の手を取ると、そのまま手をゆっくりと優しく……自分の頬に持っていく。彼女の滑らかで少し熱を持った肌の感触が僕の掌にじんわりと伝わってくる。

「陽信……ありがとね。うん、ちょっと落ち着いたよ。陽信の手って……あったかくて好き」

「そっか、それならよかったよ。僕もさ、なんて言うの……七海に言われて緊張しちゃったけど、落ち着いたよ」

実はまだちょっと彼女の頬の温かさにドキドキしていたりするんだけど、七海が落ち着いたならそれは良いことだ。そのまま七海は、僕の手に唇をほんの少しだけ当てて再び笑う。

僕の心臓は、ドキリと一度大きく跳ね上がる。

「よくよく考えたらさ、キスまでしてるのに今更だよね」

ちょっと困ったように、照れたように、はにかんだ笑顔を七海は見せてくる。そしてもう一度、僕の手の甲あたりに唇を触れさせた。

えっと……。僕はどうすれば？　まさか手にキス……睦子さん風に言うとチューか？　されるとは思わなかった……。

あれ？　これってシチュエーション的に男女逆じゃない？

「……キスまでしてるって、一回しかしてないじゃない……」

「そうだよ、なんで二回目してくれないのさぁ」

「いやだって……ほら……ねぇ？」

プクッと頬を膨らませた七海は、僕のことをジッと見つめてくる。

その視線を受けた僕はちょっとだけ彼女から視線を逸らすけど……。意を決してお返しとばかりに七海の手を優しく引いて、その掌に軽く僕の唇を押し当てた。

七海と同じことをしただけなのに、心臓はバクバクしている。七海よくこんなことできたね……？　僕、頑張ったよ。

そんな僕の心を知ってか知らずか、七海はパチクリと目を瞬かせていた。

「陽信、大胆だねぇ？　これって王子様ムーブってやつかな？」

嬉しそうに僕の手をフニフニと優しく、柔らかく、弄ぶように触ってくる。痛みは全くなく、くすぐったくて背筋がどこかむず痒い。それを我慢しながら、僕は七海の目を真っ直ぐに見た。

「先にやったのは七海でしょ。……それこそ、キスまでしてるのに今更ってやつじゃない？」

「えー……？　一回しかしてないのにぃ？」

「それ、さっき僕が言ったやつだね」

「陽信のも、私が言ったやつだねぇ」

そこまで言い合って、二人の間にあった変な壁がなくなったような感覚になって……僕等は笑い合う。ようやく、いつもの距離感になったような気がした。

まだちょっとだけ……ほんとにちょっとだけぎこちない感じもするけど、それも徐々に慣れていくだろう。

なんだろうか、改めて意識してしまったからか、まだ一ヶ月とはいえ付き合ってしばらく経つのに……まるで付き合い始めた頃みたいに……初々しい感じがするなぁ。

いや、あの時はいっぱいいっぱいで今よりも考える余裕なんてなかったっけ？

でも正直、この感じは嫌いじゃない。

「お膝、失礼しまーす」

そんなことを考えてたら七海は僕の膝の上に自分の頭を乗せてきた。緊張も解れて、普段の調子が出てきたみたいだ。僕は改めて、彼女の髪に触れる。

くすぐったそうにする彼女は自身の唇に人差し指をチョンと当てると、ほんの少しだけ艶っぽい微笑みを浮かべる。ドキリとしながら僕は彼女の言葉を待つ。

「二回目のキス……しちゃう？」

チョンと当てていた指で唇を軽く撫でる。まるで誘惑するようなその仕草に、僕はやっ

と落ち着いたと思った頬の赤みが増してきたのを自覚する。七海も、ほんの少しだけ頬を赤くしていた。

「……唇の安売りは、感心しないなぁ」

「んー……陽信限定のバーゲンセールだよー。とってもお買い得だけど……どう？」

ぼりぼりと頭を掻きながら僕は目を閉じて考える……フリをする。いや、こんなことを言われて拒否できる男子が世の中にいるんだろうか？　いいや、いないだろう。思わず反語が出る。

「それじゃあ、ありがたく買わせてもらおうかな」

厳粛に……いかせていただきます。

「ッ……!!」

目を開いた僕は七海を見下ろす。一度言葉に詰まった七海だったけど、すぐに僕の目を見返してくる。その手を伸ばして、確認するように僕の頬に触れる。

「クーリングオフはできませんよお客さーん……宜しいですか？」

「しないよ……。あぁでも、クーリングオフする場合は……もしかしたら僕も唇で返さなきゃいけないんじゃない？」

「じゃあ、クーリングオフありで……」

そのまま七海は瞳を閉じて、僕に身を任せる。

……なんだろうね、告白の時は気持ちが盛り上がっていたからすんなりというか……できたけど……こうやって冷静になると気恥ずかしいね。いや、あの時もすんなりはできてないかな。

そこで僕はあの時のことを思い出して……一つの間違いにやっと気づく。だけど今はそのことはとりあえず置いておく。今は……七海を待たせないようにしないと。

そのまま、僕は膝の上の彼女の唇に近づいていき……そして……。

僕と彼女の唇は重なる。

それはほんの数秒だけの触れ合いで、すぐに離れるのだけど……。七海は目を閉じたままで、真っ赤になっていた。僕も当然、真っ赤だけど。

「……恥ずかしいなら、誘惑するようなこと言わなきゃいいのに。もう首まで真っ赤じゃない」

「ヒャッ?!」

赤くなった首元にほんの少しだけ手を触れると、七海はビクリと身体を震わせ目を開いた。相変わらず自爆するなぁ、僕の彼女。そこも変わんない部分か。

真っ赤なままの七海は、僕に対して照れくさそうな笑顔を向けながらポツリと呟いた。

「だって……これからもキスしたいから……。ちょっとでも慣れておきたいじゃない……？」

目を少しだけ逸らしながら、口元を手で隠してとんでもなく可愛いことを七海は言う。僕は今すぐ、僕の彼女が可愛いですと叫びたくなるのを必死に堪えた。なんだこの可愛いの。

とりあえず深呼吸して僕は気持ちを落ち着ける。

「慣れなくてもいいよ……慣れちゃったら、こういう可愛い反応が見られないじゃない？」

なんていうか、普段なら絶対に言わない台詞に歯が浮いてしまいそうだ……。でも可愛いってことを言っておかないと、今すぐにどうにかなってしまいそうなんだよね。

僕がそんな幸せを噛みしめていると、七海は僕の胸元を軽く叩いてくる。その手には全く力が入ってなくて、ポスンという空気の音しかしない。

「むぅ……なんか余裕ある反応……。もしかして、陽信はもう慣れてる？　ずるい！」

「あ、いや……余裕もないし慣れてないです……」

プクッと頬を膨らませた七海の言葉に僕は我に返って、笑って誤魔化しながら頬をかく。

どうやら僕の苦し紛れの言葉は七海に余裕の態度と取られたようだ。

「そういえばさ……七海は二回目のキスって言ってたけど正確には三回目だよね？」

僕はそこでさっき気が付いた間違いを口にする。そう、僕等は記念日に二回……七海から一回、僕から一回キスをしている。だからさっきは三回目なんだよね。

でも、七海は僕に二回目のキスをと言った。細かい話なんだけど、なんかそこの違いが気になった。僕の言葉に七海はちょっとだけ驚いたように目を見開いて……再び顔を隠す。

首を傾げる僕に、七海は顔を隠したまま言葉を発する。消え入りそうな声だけど、この距離だからその言葉は僕の耳にばっちり届く。

「……あのね……その……陽信からしてくれるのが二回目って意味で……私からするのはちょっと……まだ恥ずかしくてその……」

「えっと、最初は七海からしてきたのに？　今更過ぎないそれ？」

「あの時はその……気持ちが盛り上がったから……冷静になったら私自分からとか、はしたなくなかった？　陽信ドン引きしなかった？」

僕はその言葉を聞いて思わず声を上げて笑ってしまう。僕等はこんなところまで似ているのかという思いと、今更そこを心配するのかという思いからだ。

僕が笑ったところを見て、真っ赤になって頬を膨らませた七海は……僕の胸を力が入っていない拳でポカポカと叩いてくる。

笑い続ける僕に七海も最初は怒ったような表情をしていたが、やがて彼女も笑いだす。

とても幸せな気分だ。

ひとしきり笑い合った後、お互いに無言になって……部屋には静寂が訪れる。相変わらず七海は僕の膝の上で寝っ転がって、僕は彼女の髪をゆっくりと撫でていた。

「なんかさぁ……こうやって七海を膝枕してるとホッとするよ。改めて、全部終わったんだなぁって気持ちになる」

「……私も、陽信とこうできて幸せだよ。本当に色々あったから余計にね……。でも終わったっていうのはちょっと違わない？　これから始まるんだし」

「……かもね、改めてよろしくね」

「こちらこそ」

ググっと伸びた七海と僕、二人揃って緩んだ表情を浮かべてると……部屋の扉がノックされる。

「どうぞー」

七海の言葉に部屋の扉が開かれて、お盆を持った睦子さんが入ってきた。

「二人とも、お茶淹れてきたわよー……って……あれ？」

「あ、ありがとうございます」

「ありがとー。お母さん。ん？　どしたの？」

お礼を言う僕と七海に、睦子さんはお盆を持ったままでポカンと口を開けていた。僕と七海を交互に見て、目を白黒させている。

「えっと……何してるの？」

「何って、膝枕だけど……」

「いや、なんで七海がされてるの……？」

「……あ」

僕と七海はそこで思わず顔を見合わせた。そういえば、この体勢って睦子さんにちゃんと見せるの初めてかもしれないんじゃないか……？　七海は緊張の緩みから気にした様子もなく「お茶そこに置いといてー」とか言っている。

僕としてはわけもなく気持ちが焦ってしまって、変な冷や汗をかいているというのに。

睦子さんは気にする様子のない七海に困惑しつつも「私もお父さんにやってもらおうかしら……」と言いながら部屋から出て行く。

そして、七海は僕から離れてお茶を飲んで……。

「どどどうしよう陽信?!　お母さんに見られちゃった！　絶対みんなに言いふらされる!!」

「いや、今更すぎでしょ……」

平静を装っていた七海は、そこで初めて慌てた様子を見せ……しばらくの間やいやいと騒いでいた。僕はそんな七海を眺めながら、結局僕等はあんまり変わらないんだなって事を実感していた。

そうなんだよね、人の本質ってのはそうそう変わらない。

僕はつい数日前にあった出来事を思い出しながら、そんなことを考えていた。

ちょっとだけ、時間を遡る。

それは、バロンさん達に報告をした日から少し経過した頃だ。僕等が正式なお付き合いをスタートさせて心機一転というタイミング。

当然だけど、僕等が改めて付き合いだしたことは周囲には公言していない。するとしたらせいぜい一ヶ月記念日を迎えた話をするくらいだ。

だから僕等のお付き合いは周囲からはいつも通りと見られる。だけど、そうじゃない人達もいる。その人達にとっては、僕等がお付き合いを継続することは違う意味を持つ。

それによって、その人達にも変化が起きる。

きっとこれは、その最初の話だ。

互いに秘密を打ち明け、改めてお付き合いをスタートさせてすぐの頃、僕と七海は誰もいない教室に呼び出されていた。呼び出されていた……というと物騒な響きだけど、そういう物騒な話ではない。

僕を呼び出したのは、音更さんと神恵内さんの二人だ。だから、僕はその呼び出しの理由に心当たりがあったんだよね。それは七海も同様だろう。そして僕等は静かにその教室に入る。

教室内には当然、音更さんと神恵内さんの二人がいて、どうやら二人は座りもせずに僕等を待っていたようだ。そこについては、あまり驚かなかった。

僕が驚いたのは……二人の姿を見た瞬間だった。

そこにはいつもの制服を着崩した二人ではなく、キッチリと……まるで正装のように制服を着た二人がいたからだ。

アクセサリーも全て外しているようで、神恵内さんに至っては常に首から下げているロケットペンダントも着けていない。

初めて見る姿に僕は目を見開いて驚いた。チラリと横目で見ると七海は驚いているようには見えなかった。どうやら知っていたらしい。まぁ、七海経由で呼ばれたから当然か。

そして、僕を待っていたのは二人からの謝罪の言葉だった。

「簾舞、申し訳なかった」

「ごめんなさい」

音更さんと、神恵内さんは僕に対して深々と頭を下げてきた。彼女はそんな二人をどこか辛そうに見ているけど、声をかけない。あくまでもこれは、僕に対する謝罪だからだろう。

人のいない教室を選んだのも彼女たちなりの配慮なんだろう。万が一こんなとこを見られたら今度はどんな噂をたてられるか分かったものじゃないし……。

僕はそんな二人にどんな言葉をかければいいのか分からない……分からないけど、僕の今の素直な気持ちを口にする。

「……七海から全部聞いたよ。僕に対しての告白は、三人での勝負に負けた七海がやった……罰ゲームだったたってね」

その一言に、頭を下げたままの二人の身体がピクリと少しだけ跳ねる。少し意地が悪い言い方だったかもしれないと反省し、僕は改めて二人に結果を告げる。

「心配しないで、安心してよ二人とも。僕等はこれからも……この先もずっと一緒だから。別れたりはしないからさ」

二人は頭を下げたままなので見えないだろうけど、僕は七海をそっと抱き寄せる。

抱き寄せられた七海はほんの少しだけ照れ臭そうに、でも嬉しそうに笑った。そんな顔をされると……僕まで嬉しくなる。僕の言葉に二人は一瞬だけ頭を上げて、抱き寄せられた七海を見ると心から安堵した表情を浮かべていた。

だけどそれも一瞬で、再び彼女達は頭を下げた。

「ありがとう……アタシらが言えた義理じゃないけど……本当にありがとう」

「ありがとう……七海を選んで……許してくれてありがとう」

二人の声は、隠してるようだけど涙声だった。

許すも許さないも……これはお互い様の話なんだ。

僕が七海を許したように、七海も僕を許してくれた。これはそれだけの話だ。といっても……二人にはそれを伝えてないから、二人には僕が一方的に七海を許したように見えるのか。

二人はいまだに頭を上げようとしない。しかし、こんなに真面目な二人は初めて見るな。それだけ七海が大切だってことなんだろう。

そんな二人を見て、僕は少しだけ考えた後に……結論を出す。

それなら僕も、彼女達に本当のことを告げよう。

七海をチラリと見ると、彼女は僕の考えを察してくれたのか小さく頷く。僕も同じように頷いて、そして頭を下げたままの二人に対して言葉をかける。

「二人とも、頭を上げてよ。白状するとさ……僕、罰ゲームのこと知ってたんだよ」

告白を終えると、教室内には沈黙が流れる。僕が知っていたことを告げても頭を下げたままの二人だったけど……急に勢いよく顔を上げ、目を見開いて驚きの表情を見せる。

うん、よかった。頭を上げてくれた。ああやって頭を下げている状態で万が一にも誰か入ってきたら変な噂になっちゃうしね……。

「し……知ってたの⁉」

「なんでぇ⁈」

僕が罰ゲームだって知ってる事を二人は気付いてるかなとか思ってたけど、そうではなかったみたいだ。気付いてなかったのか。だったら、そんなリアクションにもなるよね。目を見開いた事で、彼女達の目元が少し濡(ぬ)れていることに僕は気が付く。あまりにも驚いたからか、驚きの表情のまま固まった二人は言葉を発することができないようだった。

「まぁ、立ち話もなんだし……座ろっか」

このままだと二人が固まったままだと判断した僕は、適当な椅子(いす)に座ってあの日教室にいたことを……前に七海にしたのとほぼ同じ説明を二人にする。

僕が説明すると、少し涙目で真面目だった二人の表情が徐々にポカンとなっていくのが……少しだけ面白かった。いや、面白がっちゃいけないんだけどさ。

「あの日いたって……マジ？　ぜんっぜん気が付かなかったんですけど……」

「簾舞すご～い～!!　やっぱり忍者だったりするの?!　忍者の家系?!」

「いや、両親共にごく普通のサラリーマンだよ……」

音更さんは唖然として、神恵内さんは少し興奮している。いや、なんで忍者？　……もしかして出会った頃のこと言ってるのかな？　僕も忘れてたよ、その話。

僕の言葉を受けて二人は揃って息を一つ吐く。まるで、気持ちを切り替えるように。

少しの間、口を開かなかった二人だったけど、やがて神恵内さんがその沈黙を破る。

「でもそっかぁ～……罰ゲームは最初から破綻してたんだ……。違うか、罰ゲームは簾舞の協力あってのものだったんだねぇ……」

協力……って言っていいのかなぁ？

なんだか良い方向に解釈してくれて凄くありがたいけど、二人は気付いているんだろうか？　今回の件では僕も七海を騙していたってことに。音更さんは気付いているのかいないのか、神恵内さんの言葉に腕を組みながら頷いている。

そのことも言わないといけないかなぁ……と思ったんだけど、いい機会だし僕はその前に常々思っていた疑問を二人にぶつけることにした。

「そもそもさ、罰ゲームの告白相手ってなんで僕だったの？　結果的に良かったけど、そこだけが分かんないんだよねぇ」

「あ……それ、実は私も気になってたんだよね……なんで陽信だったんだろって」

七海もどうやら僕と同じ疑問を持っていたみたいだ。

「結果的に……陽信で良かったけどさぁ」

チラリと横目で七海を見ると、七海も頬を染めながら僕を横目で見ていた。よかったと言ってもらえて僕は気の利(き)いたことが言えずに誤魔化すように頬をかく。

気が付くと、半眼の二人から呆(あき)れるように見られていたので僕も七海も慌てて気持ちを切り替えるように揃って咳払(せきばら)いをした。失礼しました。

でも、なんで僕だったのかっていうのは……あの日の教室で僕に気付いていなかったのなら、なおさら疑問が残る話だ。

二人が僕を選んだのは、あの日に僕が教室にいたからという可能性も考えてはいた。

実は二人は気付いていて、七海は気付いてなかった……そんな僕に白羽の矢を立てた……ってことなのかなと。だけどそれはさっきの反応で否定された。

だったら何故(なぜ)？　と思ってしまってもその気持ちは責められないだろう。

もしかしたら大した意味はなく、適当に選んだって可能性もなくはないんだけど……。うわ、そうだったらなんで僕を選んだって質問自体が恥ずかしいな。何を特別感出してるんだよと。

聞いといてすぐに聞かなきゃよかったかもと後悔し始めた僕に……音更さんはカバンから一冊のノートを取り出した。神恵内さんはおもむろにスマホを出して、何か操作してる。音更さんは無言で僕にそれを手渡す。神恵内さんはスマホの画面を僕に見せつけるように掲げている。なんだろう……なんか文字がいっぱい……？

「何これ？」

「それ、ウチらが調べた男子たちの情報をまとめたノート。なんとかして七海の男嫌いを克服させたくてさ、二人で調べたんだ」

……というか、苦手を克服させたくてさ、二人で調べたんだ」

パラリとノートをめくると、男子生徒の情報が文字だけだけど、かなり書き込まれていた。よく見ると、神恵内さんのスマホにも同じような情報が表示されている。

驚いている僕と七海の姿に、二人は苦笑を浮かべた。

「七海がねぇ、恋愛対象が男子じゃないって言うなら、するつもりはなかったんだけどね～」

「でも七海は、ウチらが彼氏といるのを見て……少し羨ましいって言ってたからさ。もしかしたらって思って……ウチらにできることをやったんだよ」

そこには、可能な限りの細かい情報が書かれていた。

例えば、ある男子は二股をかけてるとか、ある男子は女子を取っ替え引っ替えしてるとか……。よくもまぁ、ここまで調べたよねって情報が詳細に書き込まれてる。

すっご……え？　どうやって調べたの？　この二人、今すぐにでも探偵になれるんじゃないの？

七海も、このノートの内容にはビックリしている。うん、七海も知らなかったのね。

「えっと……どうやってここまで？」

「普通に、女子同士のお喋りで集めた情報だよ。噂話はできるだけ詳細に潰したつもり。誰と誰が付き合ったとか別れたとか、誰の彼氏が誰にどんな事をしたとか……複数グループに所属して話を繋げれば、全部ガラス張りだからね」

何それ怖い。

ギャルゲーとかで友人ポジションの男友達が好感度を教えてくれたりするけど、それの女子版ってことなのか？　ちょっと違う気もするけど、根本は同じな気もする。

そして、そのことを大したことないように、音更さんはこともなげに言うんだけど、それって相当な労力じゃないだろうか。これで成績も良いって……いつ寝てたんだろ。

パラパラとめくりながらノートを眺めていると……やがて僕はその中に自分の名前を見つける。僕の名前は……七海を男子慣れされる候補の第一位に挙がっていた。

それはなんだか光栄である。でも……。

同中のヤツいない、友達いない、彼女もいない、親しい人はいない。良い話もないが、悪い噂話は皆無。家にはすぐ帰る。影が薄くておとなしいけど、話しかけたら普通に接してくれる……。

僕に対する評価が客観的に書かれていて、女子の男子に対する評価を垣間見た気がしてちょっと怖くなる。悪口は一切書かれていないあたり、徹底しているなぁ。

「ちょっとぉ？　陽信の評価低くない？」

僕が感心していたら、横から覗いていた七海が頬を膨らませて抗議の声を上げていた。評価低いかな？　むしろ、当時の僕への評価としては最大級の賛辞じゃないかな。

七海の抗議に二人は慌てながら当時はよく知らなかったしとか、噂もなんもなくて一番苦労したとか説明している。なんか申し訳なくなる。

あ、ついでに見ると標津先輩の評価もそんなに悪くないや。女の子大好きって書かれてるけど……標津先輩、誰とも付き合ったことないのか、意外……。

おっと、勝手に見るのはよくないからこれ以上はやめておこう。

僕はパタリとノートを閉じて、二人に返す。

「なるほどねぇ、これをもとに罰ゲームの告白相手を決めたと……。随分とまぁ手が込んでるというか、よくもまぁここまで労力をかけたね……」

少し見ただけでも、これは常軌を逸していると言っていいくらい入念に調べている。

少しでも七海さんが男子慣れして、そのうえで何かあってもほとんど傷つかないようにしているんだろう。だから、学校で他者との繋がりが皆無な僕が選ばれた……。

僕の場合は、たとえフッても……万が一フラれてもそれを噂として流す相手がいない。一ヶ月後に別れても罰ゲームだと知らなければ、それはきっとただの学生時代の失恋で終わっていた。

僕が感心していると、二人ともポツリと呟いた。

「ウチらは七海のおかげで今の彼氏と付き合えたからねぇ……少しでも恩返しがしたくてさ」

二人とも、頷きながら感慨深げだけど、当の七海はなんだか首を傾げている。僕だけに聞こえる声量で、なんかしたっけ？　とか言ってる。

えっと覚えてないの？　僕が視線だけで七海に問いかけると、彼女は察したのか無言でうんうんと頷いていた。

……まぁ、当事者が知らない所で誰かが救われるというのはよくある話……だと思っておこう。

「そう言えば、標津先輩達の告白は止めなかったんだ？」

僕は少し話題を変えた。ここまでやっているなら、告白の妨害とかしそうだと思ったんだけど、七海は何人かに告白されている。ことごとくフッてるけど。

「比較的、安全かなって人達は七海の判断に任せたんだ。陰からはこっそり見てたけどね。本当にヤバい奴らは……事前にちょっとね？」

底冷えするような笑みを浮かべた音更さんに、僕は少し……いや、かなりビビッてしまう。

そっか……言い方は悪いけど七海はだいぶその……なんというか……見た目の割に純粋だ。一見すると派手だけど、心根は本当に純粋で……。

漫画とかなら、ぶっちゃけチョロインと呼ばれる分類だ。

そこが可愛い所だけど。

だから、悪い男に引っかかる可能性もあったけど、その可能性は事前に二人に排除されてたわけだ。ちょっと過保護気味だけど、そのことに僕は……安堵と共に感謝の気持ちが湧き上がってきた。

「そっか、二人のおかげで僕は七海と恋人になれたわけだ。感謝しかないね」

自然とそんな言葉が口から出てくる。

僕は座ったままの二人に頭を下げた。でも、僕の言葉に二人は驚いたように目を見開いた。

「いやあの……ウチらのこと……怒らないのか？」

「……正直、すっごく怒られると思ってたんだけど……なんで？」

二人はうろたえたように僕の方を見る。

いや、僕が怒る理由はどこにもないし。それどころか、怒る機会はすでに逸しているんだ。

本当に怒る気なら、僕はあの教室にいた日に怒らなきゃならない。

そうじゃないなら、告白を受けたときに何かを言わなければならない。

でも、そうしなかった。

僕は七海を許したし、七海は僕を許してくれた。

それでこの話はおしまいだ。今更、二人を怒るとか許さないとか……そんな気持ちにはなれない。

何より、二人とも七海の大事な友達だしね。

「そんな感じだよ。実は僕って二人に感謝こそすれ、怒る理由はどこにもないんだよね」

僕の言葉に、二人は呆けたように口を半開きにしていた。

なんだか複雑な表情を浮かべながら、僕と七海を交互に見ている。

「正直……許してくれるなら、なんでもするつもりだったんだけどなぁ……」

「私も～……なぁんでもするつもりだったよぉ……」

「二人とも……簡単になんでもするって言っちゃダメだよ。ありえないけど、僕がエッチな事を要求したらどうするつもりなのさ？」

「許してくれるなら受け入れたよ」

即答だ。

何の迷いもない。

神恵内さんもそれに同意するように何度も頷く。ええ……そこまでの覚悟だったの？

覚悟が決まりすぎてて逆に怖いんだけど。

「陽信……？」

即座に横から、まるで深い海の底から響いてきたようなくぐもった低音が聞こえてきた。

七海だ。あ、ヤバい。七海の声色と視線がちょっと怒ってる。いや、これはあくまでたとえで言っただけで僕は悪くない……よね？

「たとえ話だから。七海、心配しないで」

「分かってるけど、私にだってまだ明確に何もしてないのに……そういうことしたいのかなって思っちゃうじゃない。もしかして、欲求不満？」

「えーっと……それはそれとして話を戻そうか」

なんでもって口にした二人を窘めるつもりが墓穴を掘ってしまった……。話を戻した僕に七海はもうって言いながら裾をクイクイと引っ張ってくる。

僕としては既に二人を許しているんだけど、このままだと二人も納得いかないだろう。経験したから分かるけど、ケジメをつけるというのは大事な行為だ。

少し考えた僕は、自分のスマホを二人に差し出す。

「じゃあさ、なんでもするって言うなら……僕と七海の写真を撮ってくれないかな？　改めて……僕等のお付き合いを記念して」

「そんなんで……良いのか？」

「お安い御用だけど……もっとなんかないの？」

「良いんだよ。これからも二人とは七海の友達として長い付き合いになりそうだ。だから、変な負い目はこれでなしにしよう」

僕は自身のスマホを音更さんに渡す。七海もそれならと、二人にスマホを渡した。

「初美、歩……ありがとうね。私と陽信を引き合わせてくれて」

「僕からもありがとう。七海と出会わせてくれて」

僕等のその言葉に、二人の目から涙が零れ落ちる。きっと色々な感情がごちゃ混ぜになっているのだろう。きっと二人も色んな葛藤があったんだと思う。

他人が見たら僕のしたことを甘いと言う人だっているんじゃないかな。

だけど、これが僕の結論だ。

後悔することは、絶対にない。

二人は泣きながら僕等からスマホを受け取ると、そのまま笑みを浮かべて僕等の写真を撮ってくれた。何枚か写真を撮った後、七海の提案でタイマーを使って四人でも写真を撮ることにした。

二人は泣いたばっかりだから目も赤いしといったん拒否するんだけど、七海に押し切られて一緒に写る。泣いてたのが丸わかりだけど……それでも笑みを浮かべた写真だ。

それが、僕らのスマホに収められた。

「うん、良い写真だね。ありがとう。これで全部許すよ……ってちょっと偉そうかな。でもこれでもう、この件に関してはおしまいだ」

僕の一言に二人は苦笑を浮かべる。

もしかしたら、二人はまだ自分を許せてないかもしれないけど、それは彼女達の中で徐々に折り合いが付いていくだろう。そればかりは時間が解決する問題なんだろうな。

「それじゃ、改めてよろしくね。音更さん、神恵内さん」

「こちらこそよろしく……簾舞。ウチら、もうこれでちゃんとしたダチだなー」

「よろしくね～簾舞～。今度さ、ウチらの彼氏も誘って遊ぼうねー」

今日この日……僕に新しい友達が二人できた。

二人は僕の彼女の親友で、僕と同じく七海が大好きな……とても頼もしい二人だ。

女性の友人だけど、七海も喜んでくれている。

喜ぶ七海を見て、改めて僕はこれからも彼女のために頑張ろうと決意する。そんな中、二人がぶつぶつと何かを話し合っている。何を喋っているんだろうか？

それを僕が知るのは……もう少し先になる。

こうして僕等は、音更さん達と一つのケジメをつけた。ある種の和解と言っていいのかもしれない。いや、喧嘩したわけじゃないからこの表現は間違ってるかもしれないけど。

とにかく、僕等は腹を割って話して胸の奥につかえていたものを取り除いたんだ。将来はみんなで笑って話せる日が来るかもしれない。

これから良い友達として付き合い続けていければこれ以上のことはないよね。

「どしたの、ボーッとして？」

七海が小首を傾げながら僕のことを下から覗き込む。隠すこともない話だったので、僕は七海に対してあの時を思い出してると話したら、七海も思い出したのかちょっとだけ目を細めた。

「……七海は良い友達を持ったね」

そんな彼女を見て、僕は心からそう思った。素直に自分を想ってくれる友人のいる七海が羨ましい。僕にはあんな友達はいないから、余計にそう思う。

「うん、もう長い付き合いだからねぇ……」

懐かしそうに呟く彼女は、さらに昔を思い出しているのかどこか遠い場所を眺めるように視線を宙に向けていた。前にチラッと聞いたけど、小学校から一緒なんだっけ。

付き合いの長さでは僕は彼女達に敵わない。これは当たり前だけど、少しだけ寂しく感じてしまう。まぁ、今後は昔の七海の話も聞いたりしたいな。

そもそも、まだ一ヶ月とちょっとしか経過してないんだから、これから思い出を作っていけばいいだけだ……。何も憂いはなくなったんだか……。

「二人ともー。ご飯できたわよー」

僕等を呼ぶ睦子さんの言葉に、思わず僕は身体をビクリと震わせた。そうだった、まだ憂い……というかやることは残っているんだった。

それは……睦子さん達への報告だ。

僕も七海も、一ヶ月記念日を無事に迎えたという点については睦子さん達に話した。だけど、それだけだ。罰ゲーム云々の説明とかは一切していない。

本当なら、七海へ改めて告白したあの日に全てを説明するべきだったんだろうけど……それはできなかった。主に僕の都合で。

いや、だって考えてもみてよ。

一ヶ月の記念日に改めて告白して、更には告白し返されたんだよ。その上でご両親に説明とかできないでしょ。気持ち的には最高に盛り上がっていたんだけど……その勢いで説明するのもなんか違うなって感じがして。

色々グダグダ言い訳してるけど、まぁ僕のキャパオーバーってだけなんだけどさ。だから、睦子さん達への説明は日を改めることにして……そして今日を迎えた。

一週間は経過したので、気持ち的にも大分落ち着いたし。何を話すかも七海と相談して決めてきた。睦子さんが知っていることも、知らないことも……僕は把握した上で今日を望んだ。

なんだけど……。

それと緊張しないかどうかは別問題だ。一ヶ月の記念日よりは緊張してないけど、それでも別ベクトルの怖さはある。

そんな緊張している僕の手に、温かい熱が灯る。柔らかくて、温かくて、そこから安心感が広がっていくような……。

気づけば七海が、緊張する僕の手に自身の手を乗せてくれている。

ハッとして彼女の顔に視線を移すと、七海はまるで僕を安心させるように優しい微笑みを浮かべていた。七海の手は、ゆっくりと力を入れて僕の手を握る。

痺れるような感覚と、じんわりとした温かさが胸の奥まで伝わってくるようで……僕も笑顔になる。

「大丈夫だよ」

その一言が、どれだけ僕の励みになるか。何でもできそうな気がする。

僕は小さく頷くと、七海と一緒に部屋を出る。

事前に話して、夕食後に、睦子さんには時間をとってもらっている。厳一郎さんもいれば一緒に説明をしたいけど、あいにく今日は少しだけ遅いらしい。後から説明しよう。

決意した僕等がリビングに着くと、テーブルには御馳走が並んでいた。

トマトとモッツァレラチーズと鶏肉のサラダ、深い琥珀色をしたタマネギの入ったスープ、とても大きなエビフライにタルタルソースが添えられている。他にも魚のソテーや唐揚げなんかも並んでいた。何この豪勢な夕食。

「一人で作るの久しぶりだから、ちょっと張り切っちゃった♪」

睦子さんは満面の笑みで、嬉しそうに弾んだ声を出しながらエプロンを外している。

どれもこれも美味しそうだ……。繰り返しの表現になるかもしれないけど、まさに喜色満面というのはこういう顔を指すのだろう。

いつも笑顔を絶やさない人だけど、今日はことさらに嬉しそうな笑顔だ。僕はその笑顔を見て、太陽が輝いて輝いて眩しすぎる時を思い出した。それくらいの笑顔だ。

「うわっ、何このご馳走？　お姉ちゃん作ったの？　今日なんかの日だっけ？」

沙八ちゃんもテーブルの上のご馳走を見て目を丸くして驚いていた。確かに、何かの記念日なのかと疑いたくなるくらいのご馳走が所狭しと並んでいるよね。

驚きつつも沙八ちゃんは席について、我慢できなかったのか唐揚げを一つ摘まんで口に運ぶ。一口で丸ごとほおばると、ほっぺたをパンパンに膨らませながら幸せそうな笑みを浮かべた。

睦子さんはそんな沙八ちゃんに全員が揃う前に摘まむなと軽く叱るけど、どこ吹く風だ。我慢できないとばかりにもう一つ摘まもうと手を伸ばして睦子さんにピシャリと叩かれる。

「ほら、二人も冷めちゃう前に食べましょ。たくさん食べてね」

ウキウキと楽しそうな睦子さんに促され、僕も七海も隣り合って座る。全員でいただきますと手を合わせると、僕等は和やかに夕食をいただく。

食事中に厳一郎さんが帰宅しなかったのは残念だったけど、その日の夕食はとても楽しいものだった。話も弾んで、まるでこれから来るイベントの前哨戦かのように盛り上がる。

……そして、そんな夕食が終わり、沙八ちゃんも部屋に戻ったタイミングで、僕等は七海の部屋に戻っていた。

目の前には睦子さんがいて、その向かいに僕と七海が座っている。

テーブルの上には温かい紅茶が湯気を立てていて、テーブルにはそれ以外何も載っていない。睦子さんはゆっくりとカップに口をつけてお茶を飲むと、ふぅと一息つく。

「……それで、お話って何かしら？」

さっきまでのウキウキとした弾むような声と違って、しっとりとした落ち着いた声色だ。

僕は意を決して、姿勢を正してから睦子さんに対して口を開く。

「僕等の関係について……改めてお話があります」

そう口にすると、睦子さんは眉根を寄せて少しだけ困ったような笑顔を僕等に向けた。まるで悲しんでいるような、申し訳ないような、そんな気持ちが同居している笑みだ。

睦子さんも僕の言葉を聞いて姿勢を正す。そして、僕の目を真っ直ぐに見つめ返してくる。その視線で……半信半疑だった僕の気持ちも確信に変わる。

七海から事前に教えられていたとはいえ、ちょっと信じられなかったから。

「睦子さんも……罰ゲームのこと知ってたんですね……」

僕のその言葉に、睦子さんは言葉を発することなく小さく頷いた。

あー……ホントにそうだったんだぁ……。

だけど肯定する睦子さんを見ても特に騙されたとか、悔しいとか、怒りのような感情を覚えることはなかった。改めて聞いてもただただ驚くばかりだ。

睦子さんが罰ゲームの告白だと知っていたことは、僕が睦子さん達にも事情を説明しようと七海に言った時に聞いている。ほんの数日前のことだけど。

『うちで知ってたのは……お母さんだけ……なの……』

僕にそのことを告げた時の七海の表情は忘れられない。叱られる寸前の子供みたいに不安そうで、触れたら壊れてしまうんじゃないかってくらいに小さく見えた。

音更さんや神恵内さんとの話を僕は知ってたけど……睦子さんが知ってたことは初耳で驚いたものだ。だけどその時も、特に負の感情を持たなかった。

ごめんねと謝る七海に、僕は恋人同士ってのはよっぽどの事じゃなければお互いを許すものでしょとか言って安心させた。その時の七海は僕に頬を擦り寄せてきてとてもかわい……いや、それはちょっと置いておこうか。

「ちなみになんですけど……いつから知ってたんですか？」

僕のその疑問に答えてくれたのは七海だった。僕の横で七海は申し訳なさそうに、僕から少しだけ顔を背けて呟く。

「実は……陽信を連れてきたその日に、お母さんにはバレちゃってたの……」

「……え？　待って、それ本当に？　鋭すぎない睦子さん？」

あまりにも予想外なその答えに、さすがに驚きを隠すことができなかった。聞くと、様子がおかしい七海を睦子さんが問い詰めて七海が正直にことのあらましを伝えたんだとか。

それでも娘に違和感を覚えたって時点で……睦子さん凄いなと思う。もしも僕が罰ゲームの告白だって知らなくても、睦子さんはあれが罰ゲームだって気づいていたんだろうなあ。

これも……一緒にいる時間が長いからこそなせる技か。いや、親子の絆かな？

……でもなぁ、僕の両親はきっと気づいてないと思う。普段あんまり顔合わせないし、彼女ができたってことに喜んではいるだろうけど。……気づいてないよね？　知られてたのに色々とやってしまっていたのは、今更ながらなんだか気恥ずかしいな。

睦子さんはというと、再びカップを手に取るとゆっくりとそれに唇をつける。ゆったりと、だけど綺麗なその動作に少しだけ見惚れる……。

「……せっかくだし、デザートでも食べながら話しましょうか」

言うや否や、睦子さんは立ち上がる。僕等が何かを言う間もなく、睦子さんは七海の部屋から出ていき……すぐにケーキを三人分持って来る。

「今日はちょっと奮発してみたの、遠慮せずに食べてね？」

睦子さんのペースに圧倒されて、僕も七海も促されるままにケーキを口に運ぶ。クリームの甘さや入っているフルーツの酸味、少し香ばしさも感じる生地の香りが鼻を抜ける。甘くなった口の中に温かい紅茶を流し込むと、甘さがリセットされて、お茶の苦みでまた甘みが欲しくなってしまう……ループだな。

でも、甘いものを食べたからか気持ちが少し落ち着いてきた。甘いものは気持ちをリラックスさせるんだっけか？　あれ、紅茶の香りだっけ？

ともあれ、僕も七海もケーキを少し食べたところで一度手を止める。よく見ると、睦子さんはケーキに手を付けていない。もしかしたら、僕等のためにケーキを持ってきたのかも。

一度深呼吸して、僕はゆっくりと口を開く。

「睦子さん、七海と僕は……この前の記念日に改めて告白し合いました。これからは本当の恋人同士として再スタートします」

姿勢を正して、睦子さんに改めて宣言する。

僕と七海は恋人同士だと。

「僕は七海の事を……愛してます。彼女からの告白が罰ゲームだったとしても、それが僕の嘘偽り(うそいつわ)のない気持ちです」

彼女の母親への言葉としては少し恥(は)ずかしいものがあるが、僕は睦子さんに断言した。

ちなみに平静を装ってはいるけど、テーブルの下の手は震えっぱなしで……その手に七海は自分の手をそっと重ねてくれている。そのおかげで僕はなんとか全てを口にすることができた。

「……そう……そうなのね。ありがとう陽信君……。それと……ごめんなさいね」

僕に対して、睦子さんは静かに頭を下げ謝罪の言葉を口にした。

「もう七海から謝罪を受けてますから、睦子さんに謝罪してもらわなくても……」

「ううん、違うの。これは私からの謝罪……。本当に、ごめんなさいね陽信君。君の人の好さに……つけこむような真似をして」

先ほどまでの朗らかで、明るくて、笑顔を絶やさない睦子さんとは真逆の……。そこには今まで見たことのない睦子さんの表情があった。

後悔しているような……でもホッとしているような……そんな複雑で、うまく言語化できないような表情だ。それは七海もはじめて見る表情らしかった。

そのまま僕と七海は、睦子さんの独白を静かに聞く。

「本来……親としては七海が罰ゲームの告白をしたって聞いた段階で、叱って……そして……そんな関係を止めるべきだったと思うの。それがきっと……本来は正しいことだったんだと思うの」

睦子さんはそのまま紅茶をほんの少しだけ口に含む。ほんの少し……唇を濡らす程度に。

それだけ、睦子さんも緊張しているということなんだろうか。

「頭では分かってたの、それが正しいって。でもね、あんなに愛しそうに……切なそうに……陽信君の事を話す七海を見て……私は叱ることを忘れてしまったの」

睦子さんは紅茶をスプーンで軽くかき混ぜる。まだ温かい湯気を出してはいるが、そのままでは冷めてしまうだろうけど……彼女の手は止まらない。

「男の子が苦手だった七海があんな表情をするなんてって思ったら……私は何も言えなくなっちゃったの。それどころか焚(た)きつけて……初美ちゃんや歩ちゃんに事情を聞いたりして……陽信君が七海と付き合えるように……付き合い続けられるように動いていたのよ」

紅茶をかき混ぜていた手が止まる。そして……顔を上げた睦子さんの目には涙が浮かんでいた。

「幻滅(げんめつ)させちゃったかしら……。でも……ごめんなさい、陽信君。そして……改めてありがとう。七海を許してくれて」

再び、睦子さんは僕に頭を下げた。僕はさっきの睦子さんの涙……初めて見たその涙に息を呑んでしまう。大人の涙って、初めて見たかもしれない。

隣(となり)の七海も目に涙を浮かべている。その目はまっすぐに自身の母親へと向けられていた。目を逸(そ)らさず、自身の行いの結果を確認(かくにん)するように。

そして僕はといえば、睦子さんの言葉で自分の中にあった疑問がいくつか氷解していた。あの一ヶ月に睦子さんが色々とよくしてくれていたのは、そういう理由だったのか……。もしかしたら負い目とかそういうものもあったのかもしれないけど、それでも色々とお世話になったのは事実だ。

七海のためにと言っていたけど、あれはきっと……僕のためでもあったんだと思う。

　だからこそ僕は、当初は言うつもりのなかった事を睦子さんに告げる。

「睦子さん、これ……睦子さんには言わないつもりだったんですけど……。僕、罰ゲームの告白だって知ってたんです」

「……え？」

　睦子さんが頭を上げて、呆気にとられたように口を開いていた。こんな表情の睦子さんを見たのも初めてかもしれないな。今日は初めてがいっぱいだ。

「まぁ、完全に偶然なんですけどね……。聞いてくれます？」

　そして僕は……七海にも、音更さんにも神恵内さんにもした説明を睦子さんにする。

　彼女は僕の説明を聞いてぽかんと開けていた口を徐々に大きくさせる。今日は沢山の……意外な表情を見られる日だなぁ。

「……僕と七海はそうして許し合ったんです。だから睦子さんも、もう気にしないでください」

　言いたいことを全て言い終えた僕は、改めて紅茶を飲む。睦子さんは口を開いたままで言葉を発することができないようだ。

　ほんの少しだけ冷めた紅茶だけど、喋り続けて渇いた喉にはちょうどよくて……僕はそれをグイと飲み干した。

沈黙していろ睦子さんをチラリと見て、怒られるだろうかと思いながらその覚悟を決める。

なにせ僕は、ここまで大切に想っていた娘を騙していたようなものなのだ。それを聞かされた時の親としての怒りは察するに余りある。

お互い様……と言うには少し憚られる。僕だけが全部知っていたんだから。

少しの間、部屋の中を沈黙が支配する。耳が痛くなるような静寂って表現を目にすることがあるけど、僕は正直どんな状況なのか全く理解ができてなかった。だけど、今僕がいるこの状況がそうなのかもしれない。

それは僕なのか、七海なのか、睦子さんなのか……誰かの心臓の音が部屋の中に響いているような錯覚を覚えてしまう。

その沈黙を破ったのは……絞り出すような睦子さんの声だった。

「ば……罰ゲームだって知っていて……あんなにラブラブな状態だったの……？　え？　ホントに？　流石にそれは予想外過ぎてビックリなんだけど……？」

……どうやら沈黙していたのは僕が罰ゲームの告白を知っていたことよりも、知った上での行動そのものにビックリしていたからのようだ。

えーっと……待って。そんなに驚くことなのかなそれ？　心なしか睦子さん、なんか小さく震えてないかな？　そんなに……？

どうやら、睦子さんは僕が罰ゲームと知っているとは想像もしていなかったようだ。驚き方が語っている。

「……そこまでラブラブって言われるような状態でした僕等？　世の中のカップルの普通程度かなと……思ってたんですけど」

「いや、全然普通じゃないから。うん……思わず私とお父さんが当てられるくらいだから。……だからてっきり……陽信君は知らないものだと……」

確かに、僕としては常に僕に出せる全力を出していた。それは認める。

バロンさんからも早いよと常にツッコミは受けていたけど、それでも僕はそれをバロンさんが多少大げさに言っているだけだと思っていたくらいだ。

恋愛初心者の僕が出す全力で、ようやく世の中の普通程度なんじゃないかって。

それはどうも違ったようだ……。いや、バロンさんを疑ってたわけじゃないんだけど、結婚している別の人にも普通じゃないと言われてしまうと実感せざるを得ないというか……。

それと同時に、少し心配になる。

「七海は……僕の行動ってどう思ってた？　えーっと……今更だけどさ……嫌じゃなかっ

た？」

「全然嫌じゃなかったよ。……私も世の中のカップルを良く知ってるわけじゃないから、自分にできる全力は出してたけど……あれって普通じゃなかったのかぁ……」

やっぱり七海も全力を出してたのか。

僕等の言葉に、睦子さんはちょっと呆れたように……でも、やっと笑みを浮かべてくれた。

「なんだか……あなたたちはずーっとそのまんまが良さそうね。これからも……二人仲良くね。改めて私も祝福するわ……。そして改めて……ごめんなさいね」

「もう謝るのはなしですよ。これから睦子さん達ともとも長いお付き合いになるんですから。この話題は、これで終わりにしましょう」

「それがもう、普通の高校生の台詞じゃないのよってツッコミたいところなんだけど……」

睦子さんは頬に手を当ててると、困ったような笑みを浮かべながら吐息を漏らす。どうやら僕のこの言葉も普通ではなかったような。いや、彼女の家族と仲良くなりたいってのは普通じゃないんだろうか？

僕が照れて誤魔化すように笑うと、睦子さんも、七海もクスリと笑ってくれた。その姿は僕等も見ていてうれしくなるようなものだったけど……そこで、ちょっと気になることがあった。

「もし……もしもの話ですよ？　上手くいかなかったら、どうするつもりだったんですか？」

僕等はうまくいくことを前提にしか話していなかった。仮に……仮にだ、七海と別れていた場合、睦子さん達はどうしていたんだろうか。

別れても茨戸家に……とか、別れた後でも友人として一緒にというのは僕のメンタルでは絶対に不可能だ。当然、別れていたら関わりは全くなくなっていただろう。

「そうねぇ、まずはお疲れさまって言ってあげて、一緒に泣いて、こうやってケーキなんかをたくさん食べて……とにかく慰めてあげてたと思うわ」

ほんの少しだけおどけたように、あっさりと言ってのける睦子さんだったけど……ちょっとだけその手が震えているのを僕は見逃さなかった。

どうやら、睦子さんもこの展開にホッとしているようだった。それは僕もそうだ。僕だって七海に拒絶されていたらどうなっていたか分からないからね……。

普通の失恋だとしても、数年はきっと立ち直れなかっただろう。新たな恋を見つけるとか……していたんだろうか？

あったかもしれない悲惨な未来を僕が考え始めたところで、睦子さんは空気を変えるように手をパンと打った。そして、僕も七海も、睦子さんの次の言葉を待つ。

「気分を変えて、改めてデザート食べましょうか」

「……ですね、いただきます」

「いただきます」

「はい、召し上がれ」

そこにいたのは、いつも通りの睦子さんだ。

そうやって、手を合わせてみんなでいただきますと言えることに幸福を感じつつ……僕は改めて紅茶を、七海はケーキにフォークを刺し入れる。紅茶の良い香りに、自然と心がホッとする。

あんなに緊張していた今日の全てがこれで報われるような思いを感じつつ、気分が落ち着いていった。そして紅茶を一口含んだところで……。

「それで、キスはしたの？」

不意打ちでとんでもない質問をぶち込まれた。

僕は紅茶を吹き出しそうになるのを何とか耐えるが、むせて咳き込んでしまい……隣の七海はフォークの上に載っていたケーキをポロリと皿の上に落としてしまう。

「陽信?!　大丈夫!?」

「あらあら、そういう時は我慢しない方が良いわよ。いっぱい咳しちゃった方がいいわ」

「お母さんが変なこと言うからでしょ?!」

七海は咳き込む僕の背中をさすりつつ、睦子さんに対して抗議の声を上げる。横目でちらっと見てみると……その顔はケーキのイチゴかってくらいに真っ赤になっていた。

「ほら、二人ともほっぺたにチューはしてるけど、キスしてる所は見たことなかったから……記念日にしたのかな？　って思って」

珍しく慌てたように睦子さんが弁明を始めるのだが……。どうやら睦子さんの中では、ほっぺたには「チュー」で唇には「キス」と呼び方を分けているようだ。

いや、違う。そんな冷静に分析している場合じゃなくて……。

なんでほっぺにチューしたの知ってるんですか?!　睦子さんの前でやったことないと思うんだけど……。七海も顔を真っ赤にしながら下を向いてしまっていた。相変わらず僕の背中に手を添えて撫でてくれてるけど……。

そして最後の最後に……睦子さんは爆弾を投下する。

「こうなると……もしかしたら来年には孫の顔を見ることになっちゃうかしらね？　流石

に私、まだお祖母ちゃんにはなりたくないかなぁ……？」

「見られないから!! お母さんは娘を焚きつけていったいどうしたいの?!」

「あら？ 七海は陽信君とそういうこと……したくないのかしら？」

「したいかしたくないかで言えば……そりゃ……したいかもだけど……って何言わせるのよ!! 私達まだキスしたばっかりなんだからね!!」

「あら～、やっぱりキスはしたのね～。うふふ～、そう～……とうとう七海もファーストキスを経験したのね～」

「は……ハメたわねお母さん?!」

いつもの調子に戻った睦子さんは、やっぱり睦子さんだった……。僕は苦笑を浮かべると共に、このやり取りを見られる幸せを一人静かに噛みしめていた。

……いや、噛みしめてる場合じゃないな。七海に助け船出さないと。あーあー、あんなに顔真っ赤にして……。本当に、僕の彼女は可愛いなぁ……。

「まったく……お母さんったら……孫の顔とか気が早すぎでしょ……私達まだ高校生だよ？」

「うーん……真面目な話、ちょっと心配なのよね。ラブラブな状態が続いて七海が我慢できずに陽信君を襲わないかって、だから釘を刺す意味でもね？」

「私が襲う側なの⁈」

「そりゃ私の娘だもの〜」

助け船を出そうとしたらちょっとだけ興味深い話になっていた。僕は口を挟むことなく二人のやりとりを注視してしまう。睦子さん、とんでもないこと言ってるなぁ。

それから二人はワイワイと襲う襲わないの話を続ける。なぜか七海が劣勢だ。なんとなく……こういう話は口を挟みづらい。そう思っていたら、睦子さんは僕に水を向けてきた。

「あぁでも……七海はお父さん似だから大丈夫かしら？　陽信君は七海に襲われたらどうする？」

「全力で受け入れます」

「陽信ッ⁈」

思わず即答してしまった。七海は頬を染めたまま、見開いた目で僕を凝視している。僕はちょっとだけしまったと思いながら、七海へと視線を移す。

そして僕と七海の視線が交差する。その瞬間、まるでパチリと電気が走ったような気持ちになった。僕も七海も目を何回も瞬かせるけど、それでも視線は外さなかった。

「その……襲わないからね？　それにする時はその……もっとこう……ムードのある時にとかイベントの時とかがいいなぁってのを少しは思ってたり思ってなかったり……」

モジモジと僕の目を見ながら七海は囁くようにして呟く。いや、覚悟決めるの早すぎでしょ。そんな無理しなくてもいいから。僕等は僕等のペースでいけばいいんだし。

「冗談だよ七海。さすがにまだ、そういう事にはならないように注意するし……。でも、愛想はつかされないように、僕は頑張るよ」

「あ、そ……そうなの？　……うん、そうだね……そうだよね」

あれ、なんか心なしか落胆してるような……気のせいだよね……？　だってほら、僕としてもまだそんなことする度胸はないんだよ……。

ヘタレと呼ぶなら呼ぶがいい。この一ヶ月、全力で走り切った僕には少し休憩期間が必要なんだ。だけど同時に、愛想をつかされないように頑張らないといけない。

釣った魚に餌はやらない、という言葉がある。

相手と付き合った途端に彼女に冷たくなる男性によく使われる言葉だと聞いている。親しい間柄になったからだと見る向きもあるみたいだけど、僕の考えだと少しそれは異なる。

付き合ったのだからこそ、付き合う前よりもより努力はしなくてはならない。

……七海が初めての彼女の癖に何を生意気なと言われるかもしれないけど逆だ、僕は七海が初めての彼女だからこそ、ここで手抜きをしてはいけない。常に手探りなんだ。

それはお互いのことを考えて、相手を思いやることにも繫がってくる。

じゃあ休憩期間なんて設けるなよとも言われそうだけど……常に全力なのも疲れてしまう。ほどよい塩梅というのが重要なんだろう。

うんまぁ、少し一線を越えないための言い訳も入ってるけど。概ね本心だ。

「私も……陽信に愛想つかされないように頑張るね」

小さく胸の前でガッツポーズをしながら、七海は何かを決意するようにフンッと息を一つ吐いた。七海に愛想をつかすことなんてないのになぁと思いつつ、僕も油断しないようにしないと、と一人静かに決意する。

ふと七海が何かに気が付いたようにハッとして僕に近づいてくる。なんだろうと思ったら、七海は自身のほっぺたを指さしながら笑う。

「陽信……カッコいいこと言っといて……ほっぺにクリーム付いてる。取ったげる」

「あらあら、そういう時はクリームを口で取ってあげるのがいいんじゃないかしら？」

「……それもそうだね、そうしようか」

睦子さんッ?!

「えッ?!　七海さん?!」

心の中で睦子さんを呼んでいたからか、僕は思わず久しぶりに七海をさん付けで呼んでしまう。

さて、クリームがどうやって取られたのかは……秘密である。

「えー……？　なにそれ、じゃあお義兄ちゃん……お姉ちゃんと別れて、私と付き合う可能性もあったってこと？」

「なんでそうなるの⁉　沙八ちゃん僕等の話聞いてた⁉」

「えぇッ⁈　沙八、陽信のこと好きだったの⁉」

僕等の話を聞いた沙八ちゃんは、開口一番にそんなとんでもないことを言い出した。七海は七海で少しだけ顔を青くさせて沙八ちゃんの肩を掴んでいる。

そんな七海に沙八ちゃんは呆れたような半眼を向けていた。

僕と七海が、睦子さんに事の詳細を報告したのが数日前。今日は七海の両親だけでなく……僕の両親も茨戸家に集まっていた。お互いの家族勢揃いだ。

うちの両親の長期出張も終わり、事後処理等も落ち着いたので、このタイミングで家族同士で軽くお疲れ様会をしようという話になったからだ。うちの両親も、改めて睦子さん達にお礼をしたいと言っていた。

最初は僕の家でやろうかと考えてたみたいだけど、七海の家の方が広いからとお招きされた。ちなみに今日の料理は母さんと父さん、それに睦子さんに厳一郎さんで作っている。

僕等は食べるだけ……という感じだ。うちの親にはたまには親らしいことさせてくれって言われたけど、充分親らしいことをしてもらってると思うけどね。

こう思えるようになったのも、七海のおかげか。

話を戻そうか。全員が揃うのはあの時の旅行以来だ。だから僕等は、その宴会が始まる前に……全員が揃った段階で、僕と七海が改めて付き合い始めたことの報告をした。

つまりそれは……嘘から始まった関係であることを、僕等の家族にも知ってもらうことを意味する。睦子さんは知っているが、それ以外の皆は知らない事実だ。

厳一郎さんも沙八ちゃんも……うちの両親もだ。

報告するか、しないか。七海と僕は話し合って、睦子さんにも相談して……皆にも報告することを決めた。睦子さんも、何かしら言いたいことがあるようだ。

報告しなくても良いんじゃないかと……ある意味で余計なことを言わなくても良いんじゃないかとも思っていたんだけれども……結局はそういう結論には至らなかった。

僕と七海が、もう嘘をつくことは極力避けたいと考えたから。

もちろん、これから先……何かしらの嘘をつくことはあるかもしれない。

お互いを思って、何か嘘をつくことだってあるかもしれない。

サプライズだって、一種の嘘だ。

だけど嘘をつくことで最終的にお互いを傷つけるようなことは……絶対にしないと決めた。

ほら、世の中にあるすれ違い系ってさ、小さな嘘から始まって、それが最終的に大きな溝になってしまうじゃない。それで不幸な出来事が起こる。

ドラマや漫画ならそこから障害を乗り越えて、お互いの絆が深まるんだろうけど、現実は一度大きな溝ができたらその溝を埋めるのは難しい。そこから疎遠になることだって……。

だから、そんなことが起きないように……お互いに色々なことを正直に話すと決めた。

家族に打ち明けるのもその一環だ。負い目は作りたくないと……改めて僕等の事を報告することにしたのだ。僕も七海も内心でドキドキで……お互いに手を繋ぎながらの報告だ。

その矢先に、沙八ちゃんの一言である。

厳一郎さんや僕の両親が何かを言うよりも早く……誰よりも早く、そんなことを言い出した。

「いや、別にお義兄ちゃんの事が好きってわけじゃないよ。お義兄ちゃんみたいな彼氏が欲しいなーって思ってたから、別れちゃったならじゃあ私と付き合ってみる？　って感じで」

「えぇ……そういう感覚？　随分と軽い……今どきの中学生ってそんな感じなの？　まぁ、僕等も人の事言えないけどさ……」

「別に付き合ってから好きになるとか普通じゃない？」

怖いなぁ今どきの中学生。まぁ、付き合ってから好きになるってのも有りだとは思うけど……。僕等がまさにそうだったし。

沙八ちゃんはあっけらかんとした顔で、何でもないことのように言葉を続ける。

「少女漫画でもなかったっけ？　別れた彼女の妹と付き合うって展開。それで、やっぱりお互い忘れられなくて未練が凄く見え見えってパターン」

「僕は少女漫画はあんまり詳しくないけど……あるの？　それだと、僕って凄く最低な奴になっちゃわない？　七海はそういう漫画見たことある？」

「えぇ～？　あんまり見たことないよそんな展開……。それに、もしもそうなってたら私は沙八と陽信のイチャイチャを見せつけられてたってことでしょ？　いくら罰といっても厳し過ぎるよそれ……どうにかなっちゃいそう……」

七海は両頬を押さえながら目をグルグルさせているようだった。うん、僕も七海の前で他の女性……それも沙八ちゃんとイチャイチャするとか絶対に嫌だね。

いや、沙八ちゃんが嫌とかじゃなくて。仮に七海と別れてたとしても……その妹とイチャイチャするとか酷すぎる展開じゃない？　拷問レベルの展開だと思う。

まぁ、七海と別れるって事実が既に拷問だけどさ。

でも沙八ちゃんは、そんなことは何でもないことのように笑って話す。

「だから話としては面白いんじゃない。それにほら、そうしとけば……万が一の時にお義兄ちゃんとお姉ちゃん復縁しやすいかなって。別れても近くにいられれば……お互いの気持ちを再確認できて……すぐに復縁できたでしょ？」

その一言に、僕は今更ながら沙八ちゃんがそんなことを言った真意を理解した。おそらく、七海も気づいただろう。

沙八ちゃんはクルリと身を反転させると、厳一郎さん達に向き直る。

「というわけだからさ、お父さんもお母さんも……あ、お母さんは知ってたのか。まぁ、お父さんもそんな難しい顔してないで。二人は結局、お互い納得してるんだから……いいじゃない。怒んないであげてよ？」

厳一郎さんは腕を組んで、ムスリと難しい表情を浮かべていた。腕に力が入っているのか、筋肉がパンパンになっているようにも見える。

……二、三発くらい殴られる覚悟はしておこう。強い覚悟で強く歯を食いしばっておけば耐えられない打撃はないってなんかで見た気がするし。

「……七海が嘘をついた……睦子もそれを知っていた……それを……陽信君も知っていたと」

重く、低く、力強く、静かな声だ。普段の明るい声とは比べるまでもないほど小さいのに、その声は妙に家中に響いているようだった。

何よりも僕は厳一郎さんが睦子さんを名前で呼ぶのを初めて耳にしたかもしれない。睦子さんが厳一郎さんに対して、謝罪の言葉を改めて告げる。

「……そうなるわね。あなた、ごめんなさい……。怒るなら私にして……」

「あぁ、いや……。怒ってるわけじゃなく……蚊帳の外だったのが少し寂しかっただけだよ。それに、同じ立場だった沙八にあんなことを言われてしまってはな、怒るに怒れないよ」

少し苦笑を浮かべるけど、厳一郎さんはすぐに七海に対してその鋭い視線を向けて口を開く。組んでいた腕を解いて、その両手で自身の膝を力強く掴む。

「たとえお互いが良くても、それでも……七海、君は陽信君を深く傷つけた。それを理解して、そのうえでそれを償うつもりはあるんだね？」

怒ってはいないが……自身が言うべきだと思っていることを七海に告げた。僕はそんな厳一郎さんに思わず口を挟んでしまう。

「厳一郎さん、僕はそこまで傷ついてはいませんけど……」

「いいかい、陽信君。傷というのは自覚してない方が厄介なんだ。だから君は……その傷をこれから癒す必要があるんだよ。心というのは自覚してない部分の方が大切なんだ」

厳一郎さんは自身の胸に手を当てながら、ゆっくりと優しく僕に微笑む。傷……僕は、傷ついているんだろうか？

むしろ、七海との生活で癒されることはあっても傷つくことはなかったと思うんだけど……。厳一郎さんはそれでも……真剣な表情で七海を見ている。

もしかしたらこれは……厳一郎さんが親として言っておかなければならないことなのかもしれない。だったら僕が邪魔することはできない。

ただ黙って、二人のやりとりを聞き逃さないように注視する。

「あるよ……ある。私は陽信に対して……一生償うつもりでいるんだよ、お父さん。だって、私は陽信の事大好きだから……愛してるからさ」

七海はまっすぐに厳一郎さんを見据えながら、ハッキリと……家族全員の前で告げる。

そしていつものように赤面……しなかった。真剣なままで厳一郎さんと睨み合うように視線を交差させていた。一生償うって……いや、初耳なんだけど。でも今はとてもそれを口に出せるような雰囲気じゃない。

無言での睨み合いが続いて……その沈黙を破ったのは厳一郎さんだ。

「そうか……その覚悟があるならもう何も言わないよ。二人で幸せになり」

厳一郎さんはフッと小さく笑うと、それから改めて僕の両親に頭を下げた。睦子さんも全く同じタイミングで頭を下げる。

「志信さん、陽さん、申し訳ありません。うちの娘がお宅の息子さんに失礼を働き。改めて謝罪させていただきます」

「申し訳ありませんでした。本来なら止めるべき立場の私が唆してしまい……」

その二人の謝罪に、慌てたのは僕の両親だ。

「いえいえ、大丈夫ですよ。頭をお上げください。うちの息子に急に彼女ができるっておかしいと思ってたんですけど……ちょっと合点がいきましたよ」

「むしろ、私としてはアレが罰ゲームの恋人関係だったっていう方が信じられないです。今でも信じられません。あんだけ砂糖とお花振りまいといて、信じろって方が無理でしょう。ねえ、陽さん？」

僕の両親はお互いに頷き合って、さして気にした風もなく、呆れたような表情を浮かべていた。なんだよそれ、我が両親ながら酷くないかな？　とは言えないのが辛い所か。実際問題、僕としても父さんと母さんの気持ちは分かる。

あと母さん、僕も男女交際の経験がないから色々と手探りだったんだよ。あと全力で好きになってもらうために頑張ってたんだから、そこはスルーして。

そう考えていたら……母さんが僕の方へと視線を向ける。

「陽信、あなたも七海さんを騙していたって自覚はあるの？」

「あるよ。僕も七海を……全員を欺いていた自覚はある」

「そう……なら……覚えておきなさい」

それだけを僕から聞くと、今度は母さんと父さんが揃って厳一郎さんに頭を下げた。僕はその姿を見て、いたたまれない気持ちになった。

「こちらこそ、息子がお嬢さんに失礼をしていたようで申し訳ありませんでした」

「親として監督不行き届きでした……こちらこそ謝罪させていただきます」

頭を下げる二人に、厳一郎さん達は慌てていた。お互いの両親が謝罪し合う姿を見て僕も七海も胸が痛くなってしまう。七海が握る手に力を込めているのが分かった。

母さんと父さんは頭を上げると改めて僕に告げる。

「あなたの不始末はあなたを教育してきた私達の不始末でもあるわ。親として息子のためならいくらでも頭を下げるけど……それに胡坐をかいてはダメよ」

「そうだね、私もそのつもりだ。そしてこれは持論だけど……良い男は自分で責任を取れる男だ。今後はそれを肝に銘じて……七海さんと仲良くね」

決して声を荒らげないけれども、その言葉は僕の胸に染み渡る。

七海も同じ気持ちだったのか、少し瞳を潤ませていた。気づけば僕等はどちらからともなく両親に頭を下げていた。親の教えを初めて素直に聞いた気がする。

本当に……これから頑張らないと。そう考えていた僕に、母さんが言葉を続ける。

「それと……陽信に聞きたいことがあるわ。陽さんも多分同じ気持ちだと思いますけど……」

母さんは一呼吸置いて……姿勢を正してから僕に問いかけてきた。

「陽信、あなたはちゃんと……七海さんの事が好きなのよね？　私達の目の前で……はっきりと口に出してちょうだい」

……そっか、七海からは気持ちを聞けたけど僕からは何も言ってないもんね。

それならと僕も姿勢を正して、母さんに……いや、この場の皆に宣言する。

「僕も七海の事を愛してるよ。将来的には……結婚したいと思ってるくらいにはね」

その一言に……全員が息を呑むのが伝わってきた。

　……へ？　なんで皆そんな……七海が愛してるって言った時だってそんなリアクション取らなかったよね？　え、なんで？

　七海は顔を赤くして、沙八ちゃんは目を輝かせて嬉しそうだ。厳一郎さんと睦子さんは目を見開いて驚いている。

　母さんと父さんは……ヤレヤレという感じで首を振っていた。

「陽信……私は何もそこまで言えとは言ってないわ。好きだと言ってくれればそれでよかったんだけど……。一足飛びすぎる」

「まぁ……この辺の言い方は完全に志信さんの息子……というか僕と志信さんの息子だよね」

　おおぅ……しまった。語るに落ちるというか……珍しく僕が自爆してしまった。いや、七海も言ってくれたからさ、そこまで言わなきゃって思うじゃない。

　そして僕の言葉を皮切りに、周囲の人達の好き勝手な会話が始まってしまう。

「これはもうあれですな……似たもの夫婦の風格が既に出てしまっている。将来的にも心配ないし、なんなら高校卒業して少ししたら、孫の顔も見られそうだ……」

「大学生のうちに学生結婚ですか、それもありかもしれませんね。うん、サポートしないと」

「いや、逆に恋人期間が長いんじゃないですか？　たぶんですけど、二人ともこれから本格的にイチャつくんでしょうし……」

「……今までのは本気じゃなかった……と……？　それは末恐ろしいですね」

「えぇ～？　私、高校生で叔母さんとか嫌なんだけどー……でも姪っ子？　甥っ子？　は見てみたいかもー。絶対に可愛いよねぇ。滅茶苦茶甘やかすよ」

好き勝手なその発言に僕と七海は赤面してしまう。隣の七海が、静かに僕に寄り添う。話に夢中になってる皆には分からないよう、そっと。

皆が好き勝手に話し始める中で、僕にだけ聞こえるように七海は耳元で囁いてきた。

「……皆に言って良かったね。……幸せになろうね」

「……なろうねじゃなくて……二人なら幸せだよ、絶対」

僕等は小声で囁き合うと、顔を見合わせて微笑む。

本当に、皆に話をしてよかった。話す前はドキドキしてたんだけど、今はすっかりと気持ちも落ち着いて……。

気が付くと……好き勝手に喋っていたかと思った周囲はいつの間にか沈黙して、僕等の事をニヤニヤと見ており、僕等は思わず下を向いてしまう。

「はい、じゃあ今日は陽信君と七海の正式お付き合い記念と、志信さんと陽さんの出張お疲れ様会で、手巻き寿司よー」

そんな空気を吹き飛ばすように、立ち上がった睦子さんが料理をテーブルに運んでくる。

「色々と奮発したわよー。ウニとか大トロとかシャコとか、志信さん達がお土産に買ってきてくださったものもたっぷりあるから沢山食べてねぇ」

僕等は慌てて、沢山の皿を運ぶ睦子さんを手伝う。料理の手伝いは頑なに拒否されてしまったけど、これくらいならと睦子さんも受け入れてくれた。

そんな中で、睦子さんが僕に対して提案をしてくる。

「あぁ、そうそう。陽信君、今日は泊まってく？　七海と一緒のお部屋で寝るの……今日なら公認しちゃうわよ？　ま、二人にはその辺って今更だけどねぇ」

「いえ……今日は逆に帰りますよ。色々と……気持ちの整理とかもしたいですし……それに……」

「それに？」

「気持ちが盛り上がりすぎて、今日の僕は何をするか分かんないですから……。流石にまだ、そういうのはダメでしょう？」

「あら、大胆」

冗談めかして返した言葉だったんだけど……七海にはある程度本気で取られてしまった

らしく……僕は七海に背中をバンバンと叩かれてしまった。

「それにしても罰ゲームの告白かぁ……そんな漫画みたいなこと本当にあるんだねぇ。お姉ちゃんがそれをやるとは予想外すぎる……」

「はい……反省してます……」

七海が沙八ちゃんに実感の籠った一言を告げる。非常に重たい一言だ。経験者は語るってやつか。七海がしゅんとしてしまったので助け船を出そうかな。

「沙八ちゃんは、告白したい男の子とかいないの？」

僕のこの言葉はちょっとした意趣返しのつもりだったんだけど……沙八ちゃんはあっさりいないかなぁと口にして、そして……予想外の人が食いついた。

「沙八にはまだ恋愛は早い!!　……と言いたいところだけど、その辺は沙八の自由だから私には止められない……でも父として……娘が二人ともというのは正直辛い……」

「あらあら、あなた……じゃあ……もう一人作ります？」

「陽信も手がかからなくなったし、陽さん……うちも陽信に弟か妹とかいても良かったかもしれないわね」

「そうだね……二人が結婚したら寂しくなるよねえ……今からはキツいかな？」

「あれー？　私の話だったはずなのにいつの間にかお母さん達の話題になってるぞー？」

僕も七海もそこで食事の手をいったん止めてしまう。中途半端に巻かれた巻き寿司が解けて、中の具が皿の上にポトリと落ちる。

あまりにも予想外過ぎるその言葉に、わなわなと震えが出てしまう。

「息子の前で生々しい話はやめて!!」

「そうだよ！　お父さんもお母さんもやめてよ!!　なんでそういう話になるのさ⁈」

僕等の抗議もどこ吹く風……というよりも、何言ってんだこいつらという目で僕等を見る両親たちに、僕も七海も言葉に詰まった。

「あらあら……分からない？　二人のイチャつきを見てたら当てられちゃったのよ……」

「え……私達のせいなの？」

「まぁ……孫ができるなら寂しくないから大丈夫かな？」

「いや、気が早いから父さん……早すぎるから……勘弁してよ……」

そんな風に、全員揃っての食事会は和やかに進んでいくのだった。

早いもので、気が付けばあの再告白の日から三週間以上が経過していた。三週間目とい

えば、僕と七海が付き合ってから家族旅行に行ったくらいの日数が経過したわけだ。

あっという間だ……あっという間すぎる。あの頃は一週一週が妙に濃い感じがしてたんだけど、ここ最近はそれが少しだけ薄まっているかもしれない。

……いや、そんなことないか。この三週間……僕等は七海の友達に報告したり、お互いの家族に事情を説明したりと……色々と残していたしこりのようなものを解消していった。

特に家族に打ち明けるのはかなり緊張したけれども……みんな僕達が思ってたよりもきちんと受け入れてくれたのがとてもありがたかった。

わだかまりや後ろめたさ、そういうのが残っていては今後にもよくないから早めに解消したいと思ってたけど、やってよかった。

こういうのも、事後処理と言うのだろうか？　ちょっと違うかもしれないけど。まぁ、過ぎてしまえばそれも楽しい思い出となっている。

思い出と表現するには、最近すぎるけど。

「……なんだか、改めて思い返すと濃い一ヶ月だったよなぁ」

僕はそんな独り言をぼそりと呟いた。

当然のことながら交際するのは七海が初なので、他の人の交際状況については寡聞にして知らないのだけど……世の男女交際と比べて、僕達のはどうも普通じゃないらしい。

周囲からは普通じゃないって言われ続けていたわけだけど……同年代からの意見がなかったからその辺を聞いてみたい気がする。

まぁいいか。これで僕等の間には何の憂いもなくなったんだ。今はそのことを素直に喜ぼう。

前にも言ったかもしれないけど、母さん達が出張から帰ってきたので一緒に七海の家に帰る頻度は前に比べて減っている。

だけど、その分お互いの家に行き来するようにはなった。ようは帰りに僕の家に行くか、七海の家に行くかの違いだ。たまに七海はうちでご飯を食べたりもする。

帰りにどちらかの家に寄って一緒に勉強したり、一緒に料理をしたり、学校帰りに買い食いしたり、買い物デートしたりと……僕等は非常に穏やかな日々を過ごしていた。

今日はお菓子を買って、僕の家で勉強しながら二人で少しダラダラとしている。いや、実はちょっと宿題が分からなくて七海に教えてもらってたりしてるんだよね。

七海の方が成績良いし。先生を目指しているだけあって……非常に分かりやすく教えてくれる。

「陽信、勉強してるときは勉強に集中だよ？　手が止まってる。そりゃあ、最近は落ち着いてるからさ、思い返すのも悪くないけど……それは後でね？」

おっと、僕が呟いた一言を耳ざとく聞かれてしまったようだ。

「はーい。ごめんなさい、七海せんせー」

「よろしい。それじゃあ、お勉強頑張りましょうね……陽信くーん？」

僕は軽く謝罪をして、それから勉強を再開する。

ちなみにこの先生呼びは、勉強を教えてもらう時に七海が出してきた条件だったりする。今からそういう呼ばれ方に慣れたいんだとか。

んー……家庭教師のバイトとかしてもいいんじゃないかなぁ？

もちろん、女子限定で。

ほら、健全な男子に七海みたいな家庭教師は勉強に集中できないだろうから僕なりの配慮だ。嘘だ。色々な理由は思いつくけど、単純に僕が嫌なだけだ。

これは独占欲が強いってことなんだろうか。あまり束縛してもダメだし、かといって放っておくのもダメ……ちょうどいい感じがよく分からないんだよなぁ。

一人で考えても独りよがりになっちゃうかもしれないし、七海と相談しながらおいおい掴んでいくしかないかな。

正直、七海はモテるから心配なんだよね。付き合ってからそのモテも落ち着くのかと思ったんだけど、風の噂で前よりモテるようになったとか聞いた。

それってありうるのかって思ったんだけど……どうやら七海が前よりも男子に嫌悪感とか抱かなくなったのが原因っぽいんだよね。

雰囲気が柔らかくなって……その……どうも前よりも色気が増したという話だ。前をよく知らない僕からしたら今も十分色っぽいんだけど、どうも増してるらしい。

だから心配なんだよね……なんでも僕と別れた際のワンチャンを狙ってる輩もいるとか……。とんでもない話だ。寝取られはノーサンキューだ。これはフラグじゃない。

僕がモテることはありえないだろうから、余計にそう思う。

いや、また話が逸れた……今は勉強に集中だ。集中、集中……。

……さっき僕は何の憂いもなくなったと言ったけど……実は一つだけ、心残りがあったりする。心残りというかモヤモヤしてるというか。

それは僕一人の判断では解消できないし……そもそもそれは解消するべきことなのか？という疑問すらある。このままでいいんじゃないかって。

ここ数日、ふとした時にそれを考えているのだけど……。

「？」

僕が七海の顔を見ると、彼女は小首を傾げながら僕を見返してきた。

また僕が集中していないことを察したのか、困ったような笑みを浮かべて、僕のおでこを軽く小突いてくる。僕はそれを笑顔で受け入れながら、一人静かに結論を出す。

うん……やっぱりそうだよね。一人で決めちゃあダメだ。ちゃんと七海とも話をしないと。

そうと決めた僕は、まずは改めて勉強に集中する。七海と一緒の未来を考えれば、今は少しでも成績を上げておかないと……。

そのかいあってか……宿題はほどなくして終わり、休憩時間となる。

「七海、ちょっと相談があるんだけど……良いかな？」

「相談？　別に良いけど……それでさっき集中してなかったの？　もー、ダメだよー？　ちゃんと勉強する時は集中しないと」

「ごめんごめん、ちょっと色々と考え事をしちゃっててさ」

「……私と二人っきりだから勉強に集中できなかったとか、言ってくれるのかと思ったのになぁ？」

七海はそう言うと、ごろんと寝転がって僕の膝に頭を乗せてくる。

わざとなのか、それとも勢いを付けるためなのか……寝転がるときに足を思いきり高く上げるものだから、スカートが大きくまくれ上がった。

僕の方からはスカートの中が見えないようにやってるから、きっとわざとなんだろうけど……。その代わり、太腿(ふともも)は見えてしまう。なんならそっちの方が目の毒かもしれない。

「陽信、そろそろ休憩かと思ってお茶を淹れてきたんだけ……ど……」

そして、タイミングよく僕の部屋のドアが開けられて、大きく足を上げた七海を真正面から母さんが捉(とら)える。

あの角度ならきっとスカートの中は丸見えで……気が付いた七海はガバリと起き上がり、スカートを押さえつけた。

顔を真っ赤にしているのが後ろからでも分かる。だって耳が真っ赤だもん。

母さん……ノックしてくれ。いや、違う。手の形がノックの形になっているぞ。これは……僕等が気付かなかっただけか、もしかして？

今となっては分からない。ただ、母さんが七海のスカートの中をバッチリ見てしまったという事実があるだけだ。僕だってそんなバッチリ見たことないのに。なんで母さんがラブコメ主人公みたいなシチュに遭遇(そうぐう)してるんだよ。

「えー……お茶……ここに置いとくわね……」

「あ……ありがとうございます」

母さんはメガネをクイッと上げると、勉強していたテーブルの上にお茶を置いていく。

そのまま部屋を出ていこうとするので、てっきり見えたことには言及(げんきゅう)しないと思っていたのだけど……出ていく直前にボソッとだけ呟いていった。

「さ……最近の高校生は……スゴいの穿いてるのね……あれが今どきの普通ってヤツなのかしら……？　それとも勝負下着……？　陽信はもう見たのかしら……？　いや……見たら絶対に色々と始まるわよね……しばらくは近づかないでおいた方がいいのかしら？」

もしかしたら母さんは独り言のつもりだったのかもしれないけど……あいにくと部屋の中の僕等にはバッチリと聞こえてしまっているんだけど……。

あんまり動揺とかしない人だから、こういう時の匙加減が分からないのかも。そのまま母さんはぶつぶつと呟きながら部屋から出ていった。

えっと……そんな凄いの穿いてるの？

真っ赤になった七海の押さえているスカートに、思わず僕は視線を向けてしまう。別に凝視したって見えるわけじゃないんだけど、七海は僕の視線から逃れるように身を捩っていた。

「……ふ……普通だからね⁉　可愛いの穿いてるけど……普通だよッ⁈　み……見るッ⁉　見たら普通って分かるから‼」

「落ち着いて七海‼　それに僕、見ても普通かどうかなんて判断できないからね⁉」

僕の視線を感じた七海は、慌てたように弁明をするけど……いや、見ないよ⁉　だから七海、スカートから手を離して!!　早まらないで!!

正直な話、決して見たくないわけじゃないけど、母さんの言うことが真実なら……ほら、見たら……我慢きかなそうだし。それに部屋で彼女の下着を見るって……。あれ？　それは別に構わないのか？　いやダメだろ。なんか混乱してきた。

それから僕は七海を宥めると、再び僕の膝に誘導する。落ち着いたのか七海はゆっくりと……静かに僕の膝の上に頭を乗せてきた。もちろん、下着は見えない。

……いかん、母さんがあんなことを言うから視線がどうしてもそっちにいく。下着は見えなくても白くて綺麗な太腿は目に入るから。

と思っていると、僕は下から刺すような視線を感じる。

見ると、七海がジト目で僕を睨んでいた。

「……えっち」

「違うんだ七海……これは事前情報が頭に入ったことによるもので、不可抗力なんだよ」

僕は両手を上げて彼女に言い訳をするのだけど、彼女は「見たいなら見たいって言えばいいのに……」と、別方向でご不満そうである。

……見たいって言えばよかったかな？　いや、違う違う。下着の話を変えないと。心残りについて……七海に相談しないと。

「……七海、改めて……相談があるんだ」

「なに？　やっぱり下着……見たくなったとか？」

「違う違う違う、下着から離れて!!」

「えー、でもどういうのが好きかってのは重要じゃない？」

それからなぜか僕等は下着についてしばらくの間……論争を繰り広げることになる。最終的には、なぜか僕がどんな水着が好きかという話までになってきたので……僕はその辺で話を打ち切った。

「そうじゃなくて、相談。相談ね。下着じゃなくて……僕等の事で相談ね」

「チェッ……まぁ、陽信の好きな水着がビキニってのは聞きだせたからいいか。下着はさすがにハードル高かったかぁ……」

「なーなーみーさーん？」

「ゴメンゴメン、分かったよー。なーに相談って？　ビキニは海に行くとき、陽信に見せるだけ用と遊び用の二着買うから心配しないでね？」

……僕に見せる用?!

いや、だめだ。また話が逸れる。今は相談事だ。

「相談ってのはさ……標津先輩の事。先輩にだけはさ……罰ゲームの告白について話そうかなと思うんだけど……良いかな？」

「ん？　陽信が決めたなら別に話しても良いけど……。ちなみに陽信は、ビキニは超セクシーなのと可愛いのならどっちが好き？」

えっとセクシーなの……。いや、可愛い水着でのギャップも捨てがた……いかんいかん、言いそうになってしまった。

って、えぇ?!　相談これで終わり？　解決?!

「いや、僕……七海から反対されると思ってたから、ずっとそのことでモヤモヤしてたんだけど」

「陽信が先輩に言いたいと思ったんでしょ？　だったら私は良いよ。陽信は私を許してくれた、それが私の全てなの。だから、先輩から何を言われても、なんと思われても……それは私の責任だよ」

「だけど……ほんとに良いの？」

僕はあっけらかんと言う七海に不安になって思わず聞いてしまう。七海はそんな僕に眉根を寄せた笑顔を向けてくれる。

「あれでしょ、陽信が先輩とこれからも友人関係を続けていく上で……罰ゲームの事を、黙っていられなくなっちゃったんでしょ？」

「うん……。先輩には色々とお世話になっているのに……先輩だけ知らないってのが……心苦しくなってきてさ……」

始まりは七海の罰ゲームの告白だった……。だけど僕はそれを知りながら七海を騙す形で彼女との距離を縮めていった。

そして今では正式な恋人関係だけど……。それを知らないでも、先輩は僕を友達と呼んで、七海とのことを色々とアドバイスしてくれている。

今でも、色々とお世話になっている。僕の大切な先輩で……友達だ。

「それで……先輩が友達じゃなくなっても？」

「……それは凄く悲しいけど……だからこそ僕は友達でもある先輩には全てを打ち明けたいんだ」

これは……僕の自己満足かもしれないけど……。先輩にはただ、悲しい思いをさせちゃうだけかもしれないけど……。七海と正式に恋人になったことで、七海と僕の関係のように……僕も標津先輩との関係を改めて構築したいと思ったのだ。

同じ女性を好きになった人に対しての、それが誠意じゃないかなとも思う。

「うん……陽信が決めたなら私は止めない……。私も一緒に先輩の所に行くよ」

そう言うと七海は僕の頬に自分の両手を添えて、そのまま僕の顔を自分の顔に近づける。

僕は七海にされるがままに顔を近づけて……そのまま七海は僕の頬にキスをする。

「陽信が悲しい思いをしたらちゃんと私が慰めてあげるよ。それにさ、先輩なら……きっと大丈夫だと思うよ。あの人、陽信大好きだし」

「……心強いよ。でもそうかな……そんなに先輩、僕の事好きかな？」

「たまに私が嫉妬するくらいには傍から見てて仲良いよ、二人とも」

そうなのかな……そうだと良いな。

僕が決意を固めていると、顔を近づけた七海は僕に悪戯っぽく微笑みかけてきた。

「ところで陽信くん？　七海せんせーは家庭教師の報酬をいただいていないのですけど？」

「……はいはい、せんせー。これで良いですか？」

僕はそのまま、七海の頬にキスをする。

満足気な七海の笑顔を見て……僕もちょっとだけ照れくさそうに微笑んだ。

それからほどなくして七海は帰宅した。父さんが送っていくので一緒に車に乗って、家まで見届ける。僕も免許取ったらこうやって送り迎えとかしてみたいな。免許に興味なかったけど……取るのも良いかもしれない。

それから夕食をとり、リビングでテレビを見ていたら母さんがおずおずと聞いてくる。

「……それで陽信……その……七海さんの下着は……結局、見たのかしら？」

「いや……母さん……見るわけないでしょ……。あの状況で見るとか、僕にはできないよ」

「我が息子ながらヘタレね……でも本当に見なくて良かったの？　凄かったわよ？」

……母親とこういう話はキッツいんですけど。いや、父さんともキツいけどさ。放っておいて部屋に戻ろうかと立ち上がったところで、母さんは僕の背に声をかける。

「陽信……適度に求めてあげないと……七海さん、誰かに取られちゃうわよ？」

「そうやってソレっぽいこと言って煽って……単に面白がってるだけでしょ？」

「あら、分かっちゃった？　でも本心よ。七海さんの事、ちゃんと大事にしてあげなさいね。男の大事と女の大事は、違うものだから」

僕はその言葉に特に反応せずに部屋へと戻る。

正直、母親とそういう話はキツい。だけど、これは一人の女性からの忠告として肝に銘じておこうかな……。

標津先輩に、僕等の関係を包み隠さず話す。

それについて七海は反対するかと思ったのだけど……あっさりと肯定されてしまい、正直拍子抜けしてしまう。これは僕への信頼の証……と考えて良いのだろうか。

それよりも、僕と標津先輩が仲良くしていることに七海が嫉妬心を覚えているという方が問題だ。

いや、嫉妬されているのはちょっとだけ嬉しい……とは思うけど、標津先輩とのやり取りで嫉妬を覚えなくてもいいのにとも思う。

それでも、嫉妬は嫉妬だ。

それについてはきちんと七海に対して態度と言葉で示して、大丈夫だという事をきちんと理解してもらったから大丈夫……だと思いたい。

母さんからも念を押された。女性の大事と男性の大事は違うと。つまりそれは、常に態度で示して誤解をなくせということだ。

聞いたことはあるけど、そんなに違うものなのか。僕は追加で言われた母さんの言葉を思い出す。

『絶対に七海さんを逃がしちゃダメよ？　まぁ、陽信なら心配ないとは思うけど……。あ、浮気とかは言語道断だからね……。やったら親子の縁を切りますからね？』

身震いするような冷たい視線で念を押されたのだ。そりゃ、気合いも入るというものだ。

浮気が論外なのは同感だし。

でも、初めての嫉妬の相手が恋愛対象ではない男性の友人ってのはどうなんだろうか……？　とも思うんだけど。よく分からなくなる状況だ。

「うん……それだけ愛されていると思っておこうか」

「ん？　陽信……なんか言った？」

「何でもないよ、七海」

「そう。てっきり、私の愛の深さにちょっと呆れつつも嬉しいと感じてるのかと思っちゃった」

僕の一歩先を歩いていた彼女は、ニヤリと笑みを浮かべて僕の方に首だけ動かして視線を向けてくる。聞こえてたんじゃん。

「そういう七海は、僕の愛の深さを分かってるの？」

「じゅーぶん、理解してるよ。陽信は私の事大好きだもんねぇ？　だけどほら、嫉妬心と乙女心は切り離せないの。相手が仲の良い友達でも……どうしても嫉妬しちゃうの」

「うーん……僕は七海が音更さんや神恵内さんと仲良くしている姿見ても、嫉妬はしないけど……女の子同士でキャッキャしてる姿は良いよねって思うよ」

「ふーん、男子はそういうものなのかな？」

まぁ、男子というとくくりが大きすぎる気はするけど、その辺は否定しないでおこう。言及すると色々と藪蛇にもなりそうだ。

「それじゃあ、そろそろ標津先輩の所に行こうか。今日もバスケ部の練習中のはずだからさ……」

「最近見なかったけど、夏の大会に向けての猛練習中なんだっけ？　……一緒に応援に行ってもいいかもね」

おぉ！　七海がそういうことを言うなんて珍しい!!

これは男性が苦手という事を克服しつつあるのか、それとも……日頃お世話になっている先輩への恩返しなのか……。いや、お世話になってるのは僕の方なんだけど。

前者だったら……喜ばしいけどちょっと心配だなぁ。さっき嫉妬しない云々と言ったばかりだけど、僕が嫉妬する事態にならないことを願うばかりだ。

「んー……陽信、どうせ応援に行くつもりなんでしょ？　だったらそういうスポーツ観戦のデートも面白そうだなって。先輩のバスケする姿も見てみたいし」

そんな心配をなくすように、彼女は僕の鼻先をその人差し指だけでちょんと触れてくる。

……なるほど、七海にしてみればそれもデートの一環という事ね。ちょっと先輩には失礼かもしれないけど、確かにそういうデートも面白そうだ。

でもなぁ……。

「七海が応援に行って、先輩が何と言うか……張り切り過ぎないかが心配だね」

「だいじょぶでしょ。標津先輩、もー私には未練なさそうだし」

「あと、七海が先輩カッコいい!! ってならないかも心配かな？」

「大丈夫、何を見ても陽信が一番カッコいいって私は知ってるから」

揶揄するような笑みも浮かべず、至極当然とばかりに七海は言うのだけど……買いかぶりすぎじゃないかな？ でも……不意打ちをくらってしまった。自然と頬がニヤけてしまう。我ながら気持ち悪いかも。

いかんいかん、これから先輩に報告に行くというのにニヤけていては失礼だ。気を引き締めねば。

「それじゃ、行こうか」

「うん」

僕の差し出した手を彼女が取り、僕等は放課後の体育館に向けて歩き出した。すっかりこのやり取りにも慣れたけど……最初は手を繋ぐだけでもドキドキだったんだよな……。

いや、正直な話……今も意識するとドキドキするけどさ。

「バスケの練習かー。どんなのやってるんだろうね？ やっぱり、必殺技とかの練習してるのかなぁ？」

「必殺技って……どこからそんな発想が……。……僕のせい？」

「うん。こないだ、陽信の部屋で読んだ漫画に描いてたから。面白かったねー、あの漫画」

「まぁ……現実は必殺技じゃなくて地道な基礎練習とか、反復練習だと思うよ」

まぁ、そもそも普通のバスケで必殺技とかないよね。必殺技って言葉も物騒だし。基本的に現実にはあり得ないような技ばっかりだし……。

そう思い、僕等はバスケ部が練習している体育館に到着したのだが……。

「ひっさぁぁぁぁぁぁつ!!」

体育館の扉を開けて入るなり、叫びながら見事なダンクを決めている標津先輩をが視界に入ってきた。見事なワンハンドダンクで、試合形式の練習をしていたのか誰も標津先輩を止められず……というかちょっと呆れたような表情を浮かべている。

先輩……必殺技出してたよ。マジか。

「主～将～……いちいち必殺って叫ばないとダンクできないんですかぁ……？」

「標津……それやめろって言ったろうが。お前はノリノリだろうけど、こっちが恥ずかしいんだよ……練習中も注目されるし……」

周囲の部員達からは不評のようだ。だけど、標津先輩は気にする様子もなく快活に笑う。

「何を言うんだい。叫ぶというのは普段出せない力を出すことに繋がるのだよ。だからほら、みんなも恥ずかしがらずに……うん？　そこにいるのは陽信君に……茨戸君じゃないか？」

　標津先輩が僕等に気づいたことで、バスケ部の人達も僕等の方へと視線を向けてきた。標津先輩も大きいと思うけど……みんな背が高いなぁ。

　僕等の姿を見つけた先輩は、全員に休憩を言い渡すと僕等の元へと小走りで駆け寄ってきた。

「すいません、先輩。僕等が来たせいで練習を中断させてしまって……」

「いや、そろそろ休憩だったからちょうど良かったよ。それで……どうしたのかな？　なんだか久しぶりじゃないか。とうとうバスケ部に入る気になったかい？」

「いえ、それはちょっと七海との時間が減るのでお断りさせていただきます。二年の中途半端な時期に入ってもご迷惑でしょうから」

　僕の言葉に少しだけ標津先輩は考え込むようにしてから、タオルをマネージャーとおぼしき人から手渡される。女性のマネージャーさんで……健康的に日焼けした短髪の人だ。

　僕はマネージャーさんに軽く会釈すると、彼女も僕に会釈を返してくれた。確か前に七海との待ち合わせの時に先輩と一緒にいてくれたマネージャーさんだ。

ほとんど面識はないけど、挨拶は大事だ。

と思ったら、七海は普通に声をかけて挨拶してる。これが僕と七海の差か……。

「ありがとう、マネージャー。あ、僕はちょっと陽信君と話があるのである程度休憩をしたら練習を再開させてくれたまえ」

標津先輩は爽やかな笑みをマネージャーさんに向けると、マネージャーさんはほんの少しだけジト目を先輩に向けてから一つため息をつき、了承の言葉を残して他の部員の元へ戻っていく。

……あれ？　先輩ってモテるんじゃなかったっけ？

先輩に爽やかな笑顔を向けられたら、普通は頬を染めたり嬉しそうな反応をするんじゃないの……？　なんか、睨んでいるような感じだったけど……。

「彼女はマネージャーとしてとても優秀なんだけど……どうやら僕は嫌われているようでね。よく叱られているよ。女の子の声援に応えた時なんか、集中しろと怒られてしまったよ」

「そうなんですねぇ。先輩モテると聞いてたんですが……そうじゃない人もいるんですね」

まぁ、その辺は七海で証明済みか。いや、それよりもだ……。

「先輩、僕等は練習が終わるまで見学して待ってますよ。今日来たのは、練習終わりに時間を貰えないかって聞きに来ただけで……」

「陽信君……何があったんだい？」

僕が今日来た目的を説明している最中に、先輩はドキリとするような言葉を僕に投げかけてきた。まるで見透かすように僕を射抜く視線に……少しだけ僕はたじろいでしまう。

「えっと……何がってのは……？」

「あぁ、誤解しないでくれたまえ。陽信君の顔つきというか……目がね。とても良いモノになっているから、何があったのかと気になってね」

「良いモノ……ですか？」

「うむ。前も良い目だったけど、少し迷いがあるようだった。でも、今はその迷いがすっかり消えているように見えるよ。そういう相手は試合でも手強い……油断できない選手の目をしている」

……そんなに変わったんだろうか？

七海からも家族からもされてこなかった指摘に僕は少しだけ戸惑う。そんな僕を安心させるように、標津先輩はその大きな両手で僕の肩をバンバンと叩きだした。

「ハッハッハ、そんなに不安そうな顔をしないものだよ。せっかくの男前が台無しだ！　なぁ、茨戸君。君の彼氏は本当に良い男に成長したようだ。だから早く要件を聞かないと、僕は練習に集中できずマネージャーに怒られてしまうよ。なので要件は今聞こうじゃないか」

「良い男に異論はありませんけど……標津先輩は陽信の親戚かなんかですか……？　どういう立ち位置にいるんですか？」

「ん？　僕は陽信君の親友のつもりだよ。安心したまえ、茨戸君から奪うような真似はしない。だからたまに嫉妬交じりの視線を向けなくても……心配はいらないよ」

予想外のその言葉に、七海はパチクリと目を見開いて驚いていた。まさか標津先輩からそんな言葉が聞けるとは思ってなかったのだろう。

というか、バスケに特化していて基本的にはその……頭はよろしくないみたいなことを聞いてたけど……。滅茶苦茶に鋭くないか先輩。やっぱり地頭は良いんじゃないだろうか？

それとも動物的本能ってやつだろうか。

「先輩にはお世話になってますし僕も友達と思ってますけど……。先輩……もともとは僕から七海を奪おうとしてましたよね……？」

「勝負が終わったらノーサイド！　それがスポーツマンシップというものだよ。良いんだよ陽信君、親友と呼んでくれても。そしてタメ口で！　ちなみに僕は仲の良い人からの敬語とかちょっと寂しく感じるタイプだ！」

いや、そういうわけにもいかないでしょう。

とりあえず、色々と言いたいことはあるけど……要件は先に済ませてしまった方が良さそうだ。マネージャーさんがちょっと睨んできてるし。

「じゃあお言葉に甘えて……場所を変えて少しお話良いですか？」

「ふむ、そうだね。秘密の話みたいだし……部室に行ってカギをかけてしまおうか。なぁに、綺麗にしてるから汗臭くはないよ。……一応聞くけど、二人がバスケ部に入るという相談では……？」

「残念ですが、それは違いますので……」

「そうか、それは残念……。せっかく陽信君が入ってくれれば僕が直々に鍛えてあげて、茨戸君が来てくれればマネージャーの負担を減らすことができると思ったのに」

心底残念そうな声を上げた先輩と共に……僕等は体育館を後にした。

僕と七海が標津先輩と一緒に入ったバスケ部の部室は、思いのほか綺麗だった。

所々に脱いだシャツが無造作に置かれていたり、バスケ関連の本が置かれていたりはしたものの、何というか「男子運動部」にありがちな汚さとは無縁に見える。

それも偏見というか、イメージの問題なのかもしれないけど。

あのマネージャーさんが日頃から掃除しているのか、それとも部員達が綺麗好きなのか……。

なんか室内から、フローラルな香りもしているし。

「思いのほか綺麗だろう？　部室の乱れは心の乱れだからね、常日頃から綺麗にするように努めているんだよ。ぶっちゃけると、汚部屋にしたらマネージャーにこってり絞られるからね、僕が」

どうやら僕等の考えが顔に出ていたようで、先輩はそんな説明をしてくれた。しっかりと話にオチもついてしまっているが……。というか、標津先輩が怒られるんだ。

「まぁ、僕は仮にも部長だからね。言ってしまえば部の全権限を持っていると同時にその全責任は僕にある……。叱られるのは当然というものだ」

僕の心を読んだかのように標津先輩は言葉を続ける。

僕も七海もその言葉に驚いていると、標津先輩は部室の鍵をかけてから僕等に笑顔を向けてくる。

「おいおい陽信君、随分と驚いた顔をしているね。僕の今の言葉が意外だったかい？」

「えぇと……そうですね。僕にこう……七海を賭けて勝負だ！　って言ってきた人とは思えない言葉と言いますか……」

「ハッハッハ、それは忘れてくれたまえ。まぁ、それには事情というか、僕なりの考えがあったんだがね。まぁ、僕の話は良いじゃないか。君の……君達の話を聞かせてくれたまえ」

そう言うと標津先輩は僕等にパイプ椅子を用意してくれた。体育館ではよく見る椅子だけど、運動部の部室にもあるのか。

僕等はその椅子に隣り合って座り……その向かいに標津先輩が座る。

標津先輩との間にテーブルを挟むような真似はしなかった。

すぐ手の届く位置に標津先輩はいる。

これは万が一……の事を考えて、あえてそうしている。

もしも……本当にもしもの話だけど、僕の話を聞いて先輩が怒った場合……僕は一発……いや、数発程度なら殴られる覚悟を決めていた。最近殴られる覚悟決めすぎだけど、仕方ない。

標津先輩がそういうことをする人じゃないことは重々承知しているし、信頼しているのだけど……。万が一ということもある。

僕がこれから言う事が、先輩の心にどれだけ衝撃を与えるかは未知数なのだ。

七海は……それなら原因である自分がと申し出てくれたけど、それはやっぱり僕の出番だと思うんだ。

彼氏としての僕の出番……。

それにほら……男ってのは単純でさ、一発殴って和解すればもう友達ってのもあるんだよ。漫画の話だけど。

一番ダメなのは……七海を矢面に立たせて、標津先輩が怒った時の怒りの矛先がないことだ。

きっと先輩は……七海に怒りの矛先を向けられない気がする。

そして僕は……ゆっくりと口を開く。先輩に僕と七海の関係を正直に伝えようとする。

伝えようとするのだけど……。

口が上手く動いてくれなかった。

出るのは呼吸音ばかりで、音が一切出てこないのだ。

何度か深呼吸をしてみるが、それでも結果は同じで……それどころか身体が少しだけ震えているのが分かる。

……明らかに僕は……恐れているな。

自分で決意したことだというのに、標津先輩に話すことにこの土壇場でビビってしまったのだ。

もともと一人でも平気だった……今でこそクラスの男子とそこそこ話はするけど、まだ彼等との繋がりはそこまで強くない。学外で遊ぶなんて全くない、自分からは話をしない。それくらいの繋がりしかないのだ。

……そんな中で仲良くなったのが標津先輩だ。

きっかけはどうであれ……僕を友人と……親友とまで呼んでくれた先輩。その人が……僕が発する一言で僕の前からいなくなる可能性をきっと恐れているのだろう。

全部話すと決めたくせに、我ながら情けないと自己嫌悪にすら陥ってしまう。下手したら家族の時よりも緊張している。

それはきっと、家族は離れないけど……友達は離れるからだ。些細なきっかけで、友達はいなくなってしまう。それが怖いんだ。

そう考えていたら……不意に僕の手が柔らかく温かいものに包まれる。

視線を向けると……七海が僕の手を優しく握ってくれていた。

そして何も言わずに……ただ隣で微笑んでくれている。大丈夫だよと言わんばかりに……微笑んでいる。目の前の標津先輩も微笑んでいた。僕が話し始めるのを黙って待ってくれている。

七海の温かさに触れて、標津先輩のその姿を見て……僕の中に勇気が湧いてくる。

そうだよね……まずは話をしないと始まらないんだ。

そう考えたとたんに、僕の口からやっと言葉が出てくれた。

「標津先輩……先輩は、僕と七海の関係をどう思ってました？」

「そうだね……正直に言うと最初は……なんで僕じゃなくて君なんだろうって思ったよ。バスケ部主将で、割と女子人気も高いと自負していた僕じゃなくて、君が彼女に告白されたと聞いて……。正直に言おう。嫉妬した」

先輩は表情をあまり変えずに、静かに……そして正直に僕に気持ちを伝えてくれた。

「まぁ、ご存じの通りその嫉妬にかられて馬鹿な行動を起こして……君たちの絆の強さを見せつけられたんだから、何というか……諦めもついたよ。そして、嫉妬した自分を恥じたんだ」

「……その絆が……実は偽りの……とても歪な物だったとしたら……先輩はどう思います？」

僕のその言葉に、先輩はちょっとだけ考え込んで……そして、困ったような笑みを浮かべた。

「すまないね、陽信君……。実はここだけの話、僕は頭があまりよくない方なんだ。直接的な表現で言ってくれないかな？　別にこれは煽ってるわけじゃないから、悪く思わないでくれ」

……確かに、抽象的でちょっとズルい聞き方だったかもしれない。

僕は深呼吸を一回して……七海の手をほんの少しだけ強く握ると……僕等の関係の真実を標津先輩へと告げる。

「七海が僕に告白したのは罰ゲームの一環で……。僕はその告白が罰ゲームだと知りながら……七海を自分の本当の彼女にするために、自分のために彼女に好かれようと動いていたんです」

その言葉に標津先輩は驚きの表情を浮かべた。

そうだろう、自分が好きだった女性と僕の関係が嘘の上に成り立っていたのだから……それは怒ってしかるべきだと思う。

何よりも僕は、七海の気持ちと状況を利用したのだから……。

先輩がそれに対して怒るのであれば甘んじて受け入れると覚悟を決めたのだけど……。

先輩は驚きの表情の後に、どこか考え込むような表情を浮かべていた。

それから、少し納得したかのように自身の顎を触りながら目を閉じる……。

「なるほど……そういう事だったのか。罰ゲームだから茨戸君から君に告白したという図式が出来上がったわけだね」

「そうです……。そして繰り返しますけど……僕は罰ゲームであることを知っていながら彼女の気持ちを僕に向けるように動いていたんです」

「陽信……。先輩、違うんです。もとはと言えば私が罰ゲームの告白をしたのが悪くて……。それに陽信が知っていたのも偶然で……」

七海が先輩に説明するのだが、先輩はその話を聞いておらず、ぶつぶつと独り言を言いながら考え込んでいる。

「なるほど僕の取り越し苦労……いや、余計なお節介だったわけだ……早合点が過ぎたか……」

「先輩……？」

それからしばらく考え込んでいた先輩は、やがて真剣な表情を浮かべて顔を上げる。

「ふむ、でも今は……僕にこうして話しているという事は……お互い全部知っているという事でいいのかな？　そして……お付き合いは継続してると？」

「ええ……まぁ……そうですけど」

僕と七海は先輩の言葉を肯定する。

それから、先輩はまた少しだけ考え込むのだけど……。

すぐに考え込むのをやめた先輩が発した一言は……僕等には予想外のものだった。

「なるほど……。素晴らしいじゃないか！」

手をパァンと叩きながら、先輩は僕等に対して輝くような笑みを浮かべる。

それは憂いや暗い気持ちの一片も感じられない、とても明るい表情だ。

……え？　いや、素晴らしいって……？

僕も七海も標津先輩のその一言に呆気に取られて、ポカンとしてしまう。二人とも口が情けなく半開きである。

「先輩、怒らないんですか……？　その……僕が先輩に勝負を挑まれた時、僕等は……罰ゲームで付き合ってたんですよ？」

「んん？　僕が怒る理由はどこにもないと思うのだが？　だって……察するに、二人は今お互いを大切に思っているのだろう？」

「それはまぁ……そうですが……」

「だったらなんの問題もない……終わり良ければ全て良しだ！　勝負の結果、君達は勝利を手中に収めたんだ」

そのなんともシンプルな答えに、僕等はさらに呆気に取られてしまった。

いや勝負って、なんの勝負ですか先輩。

「それに、罰ゲームはあくまで二人の間の問題……いや、この場合は駆け引きというのが正解なのかな？　その程度の隠し事や騙し合いは恋愛では普通の範囲に収まるだろう。むしろ割り込んだ僕が野暮というものだ。知らなかったとはいえ、本当に申し訳ないことをした」

そして、逆に謝罪されてしまった。

いまいち標津先輩の考えが分からずに、僕は首を傾げてしまう。

七海もそれは同様のようで、不思議そうに小首を傾げていた。

そんな僕等の似たようなリアクションに、先輩は微笑ましいものを見たような笑みを浮かべる。

「陽信君。そもそも男女交際のきっかけなんて……なんでも良いと僕は思うんだ」

「なんでも良い……ですか？」

「まぁ、罰ゲームの告白を肯定するわけじゃないのだけどね。それでも、それがきっかけで君達は始まった……」

先輩は優しく微笑んでいる。

「そもそもだ、罰ゲームじゃない普通の告白をしても別れる男女は沢山いるんだよ。価値観の相違とか、愛情が冷めたとか、理由は様々だけどね」

それは……考えたこともなかった。確かに、先輩から言われて僕等はそのことに初めて気づいた。そもそも、僕等にもそういう可能性があった事を。

「それを考えたら、君達の関係は奇跡的とすら言える」

先輩は僕と七海を交互に指差した。

「ある意味で互いが無関心の状態から、罰ゲームだと知った後も交際を続けるくらいラブラブな状態を維持してる。これを素晴らしいと言わずなんと言うのかな？」

「じゃあ、先輩は僕を……許してくれるんですか？」

「許す許さないの話でもないだろうに。まぁ、ここはあえて言うよ。君達の関係は間違ってない……僕は君達を許す。友の過ちを許すのも、また友の務めだ」

ちょっと……いや、かなり泣きそうになってしまう。

親達に認めてもらった時とまた違う感激がそこにはあった。

僕の手を握る七海の力も強くなり、気づけば僕等は無言で先輩に頭を下げていた。

「それにまぁ、これで僕の肩の荷も下りたというか……。茨戸君が男子への苦手意識を克服できたのであれば何よりだよ」

その一言に、下げていた頭が二人同時に勢いよく上がる。

「へ？」

「先輩、私が男子苦手って知っていたんですか⁉」

七海の一言に、先輩はバツが悪そうに頬をかきながら苦笑を浮かべている。

「僕が茨戸君に告白したのはね、僕が……恥ずかしい話だけど……女性に人気の僕が男子への苦手を克服してあげようとか、そんな傲慢な事を考えてたからなんだよ」

いや、それよりも……七海は男性が苦手って知ってたことに驚きだ。

七海もそうなのだろう、目を点にして驚いている。僕等のリアクションが少し面白いのか、先輩は苦笑を浮かべながら話を続けた。

「これでも、バスケ部主将として人を見る目はあるつもりなんだよ。茨戸君の立ち振る舞いから、なんとなく分かったんだ」

「それなのに、告白の時は……私の胸ばっかり見てたんですか？」

「僕は自身の欲望にとても素直だからね！　女の子のおっぱいは大好きだ！　それにほら、告白を断られるなんて微塵も考えてなかったしね」

そっか……先輩も、先輩なりに七海の事を考えていたのか……。

「あの出来事は……陽信君との出会いも含めて……傲慢だった僕への良い薬になったよ。ちょっと苦かったけどね。まぁ、良薬口に苦しだ」

そして先輩は、僕にゆっくりと手を差し出してきた……。

「陽信君、改めて僕と……親友になってくれるかな？　ほら、その辺……曖昧だったからね」

許してくれたばかりでなく、先輩は僕にそんな……嬉しい事を言ってくれている。

そして僕は、滲む視界を無視しながらその手を取って声を絞り出した。

「こちらこそ……よろしく……お願います。翔一先輩……」

僕のその言葉に、先輩はとても嬉しそうに……微笑んでいたと思う。

この日……友達を失うと思っていた僕は、失うどころか……人生で初めて親友と呼べる人ができた。

できたんだけど……。

「僕の名前を覚えてくれていたとは嬉しいじゃないか！　さぁ陽信君、その勢いでタメ口を!!」

「すいません、翔一先輩、流石にそれは勘弁してください。尊敬する人にタメ口はできません」

「……聞いたかい茨戸君?!　陽信君が僕を尊敬する人と！　なんと良い日だ！　尊敬される僕としてはもっと頑張らねば、今日はダンク祭りだ！」

テンションが高くなった先輩は大げさに喜んで立ち上がる。座っているからか、先輩がとんでもなく高い山のように感じる。こんなに大きかったのか先輩。

男の僕でも威圧感を覚えるんだ、隣の七海はと思ってチラリと見ると……七海はいつの間にか先輩の目の前に立ちふさがっていた。

「先輩……先輩は陽信の親友ポジションですけど、私は恋人ですからね？　その辺、間違えないでくださいよ？」

そして、七海が胸を張って先輩に対抗するようなことを言い出す。どういうことなの。

「むッ⁉　茨戸君、良いではないか、僕等は親友なのだから、たまには男同士で遊ぶ日を作らせてもらえないだろうか？」

「お休みの日は、私は陽信とデートしたいんですけど……」

「……ひと月に一回ではどうだろうか？　茨戸君が一緒でも良いから！」

あれ？　なんか雲行きが怪しくなってきてない？

その後も、七海は標津先輩に負けない勢いで対等に論戦を交わす。男性が苦手だった七海が、物怖じすることなく先輩とやりあう光景を見て僕は逞しくなったなぁと感慨深く……。

いや、感慨深くなってる場合じゃない。

「待って！　なんでいつのまにか二人が僕を取り合うみたいな話になってるの⁉」

僕のツッコミは話し合いを続ける二人の耳には届いていないようだった。

幕間　何の争い？

「陽信、ごめんね……流れでこんなことになっちゃって……」

部屋の中、私は陽信の膝の上でうつ伏せになりながら彼に両手を合わせて謝った。いつもの膝枕じゃなくて、ちょっと今日は体勢を変えている。

膝枕ばっかりじゃマンネリだしね。まぁ、マンネリになっても私は全然かまわないんだけど。

ちょっと硬めの彼の膝の上で私がうだうだと動いてると、陽信はくすぐったいのかちょっとだけ身体を捩っている。私は手を合わせたままで下から彼を見上げる。

「まぁ、別にいいんじゃないかな。僕も行ってみたいなと思ってたし。それに……七海も見てみたいって言ってたじゃない」

「まぁ、そうなんだけどね。まさか言った当日に実現するとは思ってなかったけど」

陽信はそのまま私のおでこから頭を撫でてくれる。彼の優しい手つきで撫でられるととても気持ちが良くて、トロンとしてしまう。

このまま寝たら気持ちいいだろうなとか、そんなことも思うんだ。寝ないけど。

私と陽信が何を話しているかというと……先輩のことだ。

陽信は先輩に罰ゲームのことを告げて、ちゃんと和解した。いや、そもそも和解という表現すら間違ってるかもしれないけど。とにかく先輩と陽信の仲が悪くなることはなく、むしろ良くなった。

同時に、先輩が色々と考えてくれてたのも分かった。今なら素直にありがたいなと思える。

……いやまぁ、胸ばっか見てた理由が思ったより単純だったからそう思えるのかもしれないけど。前に陽信もつい見ちゃうって言ってたっけ。

昔なら嫌悪感ばっかりだったかもしれないけど、今ならまぁ、そういうものなのかなと割り切れるかもしれない。それは陽信の存在が大きいと思う。

何かあっても、きっと守ってくれる。そんな人が傍にいるのは想像していたよりも勇気とかが湧いてくるものだから。胸の話で御大層な気もするけど、そう思うんだから仕方ない。

話を戻そっか。先輩のことだ。

あれから、先輩と私はちょっとしたバトルを繰り広げてしまった。いや、まさか彼氏をめぐって先輩とバトルするとは思わなかったよ。そのバトルの詳細はちょっと割愛するとして……。

結論を先に言うと、次の休みに私と陽信は先輩の練習試合を見に行くことにした。スポーツ観戦のデートってやつかな。

陽信は私が本当に嫌なら断ると言ってくれたけど、先輩には陽信がお世話になってるし……私も試合がちょっと気になってたのもあるしと次のデートは決まった。

先輩は、私と陽信が練習試合に応援に行くと言うととても喜んでくれた。会場が他校だったら見に行くのは無理だったけど、何でもうちの体育館でやるらしいから生徒は自由に見られるんだとか。

それにしても、先輩があそこまで陽信大好きになるとはなぁ……。

「負けられない……!!」

「待って、七海待って」

私が力強く両の拳を握ると、陽信はその手を優しく包みながらちょっとだけ疲れたような表情を浮かべている。

「先輩は友達、七海は恋人」

「分かってるけど、それでも負けられない戦いが女にはあるの……よく知らないけど」

私が一人静かに燃えていると、陽信はちょっとだけ呆れたような顔をした後に……急にプッと吹き出した。どうしたんだろ？

そのまま陽信はくつくつと笑いだす。なんか私の反応が面白かったのかなと思ったら、ある意味でそれは当たっていた。ただそれは、今の私じゃない。

「それにしても、今日の七海は強かったねぇ」

私はその言葉にピクリと身体を小さく震わせる。陽信は私の頭を撫でながら、肩を震わせながら静かに笑い、感慨深げに言葉を続ける。

「まさか、先輩とあんなに張り合うとは思ってもみなかったよ」

震える声とは裏腹に、私の頭をゆっくりゆっくりと、優しい手つきで撫でる。だけど身体が震えているからかその撫でる手もちょっとだけ震えてて、その振動が脳天から足先まで痺れという形で突き抜けていくようだった。

そのどこか不思議な痺れを感じながら、私は彼に呆れられたかなとか、引かれたかなとかちょっと心配になるけど……そんなことはなさそうだな。

どこか嬉しそうなのは……私の気のせいかな？

私はちょっとだけ気恥ずかしくなって、その恥ずかしさを誤魔化すように大きく身体を伸ばす。やっぱり身体がちょっと痺れているような感覚があるのは、体勢が固まってたからかな？

　膝の上で動くから、彼の体の感触が私の身体に伝わってくる。

「だってさぁ、先輩ってば陽信を取ろうとするんだもん」

「いやいや、取ろうとはしてなかったでしょ。遊びに誘ってくれたって感じだし……僕と遊んで何が楽しいのかは分かんないけど……」

　なんだか久々に自己評価の低いことを言い出したので、私は膝の上でくるんと半回転して仰向けになる。そのまま手を伸ばして、陽信のほっぺたをムニッと摘まんだ。

「……にゃに？」

「私は陽信とデートしたり、一緒だと楽しいよ。だからきっと、先輩も陽信と遊べればそれだけで楽しいんじゃない？」

「えー……？　そうなのかなぁ？　デートとか七海と一緒とは違わない……？　僕も七海と一緒だとそれだけで楽しいけどさ」

　なんだか珍しく後ろ向き……というか懐疑的？　だけど、最後の私と一緒だとそれだけで楽しいという言葉で私は単純にも嬉しくなってしまった。

　照れ隠しと、心配を表すように私は片手を両手にして、ほっぺたを両方向からムニムニと弄んでみる。なんかちょっと柔らかいのに少し硬くて、まるでお餅みたいな感触が病みつきになりそう。

……もしかして、男の人の胸への執着ってこんな感じなのかな？

「先輩は悪い人じゃないし、きっと陽信が知らないところとかも連れてってくれるんじゃないかなぁ？　それで一緒に楽しめればいいじゃない」

いつの間にか私は標津先輩をフォローするようなことを言っていた。なんで私はこんなことを……？　でもそうなんだよね、仲を深めたい人と遊びたいって気持ちはちょっと分かるから。

だからまぁ、折衷案で先輩の練習試合を見に行くデートにしたんだけどさ。

それから私にほっぺたを弄ばれていた陽信は……その重たい口をゆっくりと開く。

「実はさ、正直に言うと……。歳の近い男友達と遊ぶのは小学校以来だから、不安なんだよね。何すればいいのかなって……。だからちょっと尻ごみしちゃって」

「でも、私とのデートの時は頑張ってくれてるよね？」

「そりゃ、七海のためだから」

その一言に私は心臓がキュッとなる。そんな特別扱いされたら、嬉しくてどうにかなっちゃいそうだよ。

それと同時に……陽信が怖がっている事も理解できた。ずっとやってこなかったのなら確かに怖いよねぇ……。でも、ここで背中を押してあげるのが彼女の役目かな。

「んじゃま、今度のデートは男友達と遊ぶリハビリ的な感じで、めいっぱい応援しようよ。先輩も嬉しいと思うし、それもきっと、楽しいよ」

「……そうだね、確かにそうだ。先輩ならきっと活躍するだろうし、スポーツ観戦ってほとんどしたことないから楽しみではあるね」

「うんうん。次のデートも楽しみになってきたねぇ」

「……七海がまさか先輩のフォローに回るとはね。でも、うん。これもいい機会だと思って……先輩とも遊んでいこうか」

決意するようにキュッと握り拳を作った陽信の手を、私は優しく包む。そしたら彼は私の方に視線を移して……優しく微笑みながら宣言する。

「でもさ、僕にとっての一番は七海だからね」

そう言った彼は、その優しい笑みをますます深くする。その言葉が何よりうれしくて……私も笑顔を返した。

「私にとっての一番も、陽信だよ」

私の言葉を聞いた陽信は、私と同じように……嬉しそうに笑っていた。

無事に先輩にも打ち明けて……僕は部屋に一人いた。久しぶりにゲームをやりながら、バロンさん達に今日までの出来事を報告する。

ここ最近、皆への報告をしてなかったしね。

『そっかそっかぁ、先輩君とやらにも全部話して、これでキャニオン君の周辺にはなんの憂いもなくなったんだね。いやぁ、青春だねぇ。よかったよかった』

スマホの向こうから、バロンさんの安心した声が聞こえてくる。その声に僕も全てが終わったことを実感して安堵のため息を一つ吐いた。このやり取りも、いつも通りって感じだ。

「ええ、おかげさまで憂いはなくなりました。ただまぁ、別の問題が発生したと言いますか……」

『別の問題？』

「彼女と先輩が、僕を巡って争いました」

その瞬間、バロンさんが思わず吹き出したであろう音が聞こえてきた。

その気持ちがよく分かってしまう。僕だって逆の立場なら吹き出すよ。こんな意味の分からない状況。

ちなみにピーチさんとも繋がっている。ピーチさんも声にならない声で笑っているようだった。なんか高音が聞こえてくる。ピーチさんの引き笑いって初めて聞いたかも。

『キャ……キャニオン君がヒロインポジション……』

『な……なんでそんな話になるんですか……？　元々、先輩さんはシチミちゃんが好きだったんですよね？』

二人とも声がかなり震えている。笑いを堪えているんだろうな。個人的にはいっそ大きく遠慮なく笑ってほしいけど。

まさにバロンさんが言った通りで、僕がヒロインみたいな扱いなんだもん。

まぁでも、七海も最終的には先輩のフォローに回っていたし……その辺の対立は大丈夫だと思っていいのかもしれない。次のデートは先輩の練習試合を見に行くことになったし。

よくよく聞けば、先輩も遊びたいのはやまやまだけど、最近は練習の日々なので僕と遊びに行く余裕は残念ながらないのだとか。だから、バイトも少なめにしてもらっているらしい。何のバイトしてるんだろ？

先輩は全国大会には問題なく行けると思うけど、それでも油断はするつもりはないと力強く宣言して、僕等との話を終えた後にすぐ練習に戻っていった。

『その先輩君にも一度会ってみたいねぇ。僕にも対抗心を燃やしてくるか、逆に僕にお礼を言ってきそうだ。親友が世話になってるとかね』

バロンさんは少しだけ面白そうに声を弾ませている。

今の先輩なら後者だろうか？

あの勢いならそのうち、僕の両親にも会いに来そうな気がしてたりする。うちの両親は先輩に出会ったらどんな反応をするだろうか……。

……なんか、友達ができたとか滅茶苦茶喜びそうだな。うわぁ……先輩には悪いけど会わせたくないなぁ。

「まったく他人事だと思って……。まぁ、先輩には前にも服の事とか色々お世話になってるんで、良い機会ですし落ち着いたら一緒に遊ぶ時間を作りますよ」

『先輩との関係が良くなったのはいいんですけど。キャニオンさん、シチミちゃんとは最近どうなんです？　もうちょっと先に進んだとかないんですか？　その……えっと……キス以上とか？』

「ピーチさん……興味津々なところ悪いけど、キス止まりってところだよ。というか、ピーチさん中学生でしょ？　それ以上って……さすがに早すぎない？」

『いいじゃないですかぁ、恋バナを聞きたいんですよ。高校生の大人の恋バナをー』

女子の方が大人びているとは聞いたことがあるけど、僕と七海はある意味で恋愛ごとに関しては一年生……初心者みたいなものだからなぁ。手探り同士だ。

まだキスで止まってる。

というかキスでまだって言っている時点で快挙だと思ってほしい。それもほっぺたは慣れてきたけど、唇にはいまだ慣れないんだよ。

それ以上に行くのは高校のうちは絶対にないだろうなぁ……ドキドキし過ぎて僕が行動に移せないし、正直に言って心臓に悪い。鼓動で痛くなるとか、フルマラソンでも走らない限りならないんじゃないだろうか。走ったことないから想像だけど。

「まぁ何度も言うけど、まだキス以上は行ってないよ。これは本当。行ったとしても……流石に報告しづらいかなぁ？」

『そうですかー。まぁ、その辺の詳細はシチミちゃんにも聞いてみるとして……じゃあ最近は変化なしなんですか？』

「一番大きな変化が訪れたばっかりだからね。しばらくは、二人でのんびりするつもりだよ」

ここひと月は激動の連続だった。本当に濃い一ヶ月だったと言って良いだろう。仕方がなかったとはいえ、僕としては関係を進めるペースもかなりのハイペースだったんだ。もしかしたら世の中にはもっとハイスピードな人がいるかもしれないけど、僕は正直に言って息切れ気味だ。

ここからはのんびりゆっくり……スローペースで進むのが良いだろうなぁ。

『そうだね、のんびりしてもバチは当たらないと思うよ。でも、スローペースはいいけど、やるべきことは間違えないでねキャニオン君』

「やるべきこと……ですか？」

急に、バロンさんが少し神妙な声を出してきた。先程まで面白がっていたのに、その変化に僕は少しだけ面食らう。

『君は友達……親友ができた。それ自体は喜ばしいことだと思うよ。そしてきっと……君はこれからどんどん人間関係が広がると思う』

「人間関係が広がる？」

『うん、あり体に言って……たぶんモテると思う。男子にも、当然女子にもね』

えっと……僕がモテる？　なんだか全然ピンと来ないんだけど……なんで僕がモテるんだろうか？　モテるという言葉は、先輩や七海にこそ似合うと思うんだけど。

僕には無縁の言葉だろう。

『まぁ、年長者のお節介と思っておいて。君自身は気付いてないと思うけど、君はとても良い男になった』

『キャニオンさんは元々、良い男性だと思いますけど？』

ピーチさんが少しだけ抗議するような声を出すけど、バロンさんはそれをまぁまぁとなだめて言葉を続ける。なんか褒められるのはむず痒いものだ。

七海もたまに言ってくれるけど……いまいちその辺りはよく分からないし、分かって俺は良い男だって言い出したらそれこそ終わりじゃないだろうか？

『良い男になった君の周囲には何と言うか……人気者が多いだろう？　おこぼれをもらおうとする人間が出てきても不思議じゃないし、そうでなくても君を見る目は変わってくると思うんだ』

「そんなものですかねぇ？　あんまり実感はないですけど」

『まぁ、急に変化するものではないからね。ただ、この一ヶ月だけでも君の人間関係は大きく変わっただろう？』

確かにここ最近の変化は大きい。

僕自身、七海とばっかりいるし、二人きりじゃない時は音更さんや神恵内さんが一緒だ。

目立つからなぁ、あの三人は。並んでるだけで華がある。

さらに……翔一先輩は僕の親友となってくれた。

確かに、これはとても大きな変化だ。

『まぁ、何が言いたいかというとさ。友達が増えるのは良いことだけど……浮かれて友達ばっかりかまって、彼女を蔑ろにしちゃダメだよってことさ』

「蔑ろ……ですか？」

『そうだよ。君にとっての最優先が誰かってことだよ。優先順位を間違えると……最悪、手遅れになってしまう』

なんだかその言葉には、言い表せない重みがあった。

ピーチさんもスマホの向こうで固唾を呑んでいるようで、言葉を発せていない。

これは音声だからこそ伝わることだろう。文章だけのやりとりなら、ここまでの迫力は感じ取れなかった。

「先輩と親友になっても七海が一番だってのは伝えましたけど……バロンさん、ずいぶんと実感がこもった言葉ですね」

『そっか、それならいらないお世話だったかな？　まぁ、実感というか……経験者だからね。白状すると、僕は妻と一回だけ別れてるんだよ』

軽い感じで出てきた衝撃的な内容に、僕は息を呑んだ。

ちょっとだけ、重い沈黙が僕の部屋に訪れる。

バロンさんはそれを感じ取ったのか、少しだけ明るい声を出す。

『あ、結婚前の話だよ。学生時代、妻は人気があってねぇ……。僕も彼女と付き合うようになって、友達ができ始めたんだ……そして僕はそれに浮かれた』

沈黙を吹き飛ばすように、バロンさんは笑いながら当時の思い出を話してくれる。

『僕は友達付き合いが自分で思ってるより下手じゃなかったみたいでね、彼女も僕と友達が遊びに行くのを容認してくれたから、なんの問題もないと思ってたんだけど……』

「だけど……？」

『ある日突然、彼女の不満が爆発した。いや……違うね、突然じゃない。兆候はあったのに僕が見逃して、甘えて、彼女を爆発させてしまった』

爆発させた……か。

バロンさんはあえて言い方を変えたんだろう。爆発させたのは誰か、原因は誰か……僕に理解させるために。

『悲しみで泣いてる妻を見たのはそれが最初で最後だよ。いつも飄々として、明るくて、ちょっとだけ照れ屋な彼女の涙をね……初めて見たんだ』

「それは……辛いですね。なんて言われたんです？」

『友達ばっかりでかまってくれなくて寂しい、もうヤダ、だったら別れて友達に戻る……。そんなことを言われてね。普段は大人びてた彼女が年相応の女の子だって、そこで初めて気付かされたよ』

『友達に戻ったら……かまってもらえるってなっちゃったんですね……』

ピーチさんの言葉に、バロンさんは自重気味に笑っていた。

「バロンさんはそれで……どうしたんですか？」

『もちろん、誠心誠意謝ったよ。悪いのは僕だからね。とにかく謝って、言葉だけじゃ足りないから……僕等はもう一度友達から始めたんだ』

『友達から……ですか？　仲直りしたんじゃなくて？』

『そう、友達から。一回別れてね。ちょっと……かなり辛かったよ。呼び方とか変えて、距離感も変わって、別れたからこれ幸いと他の彼女に言いよる男に負けないように、改めて頑張ったのさ』

僕は自分をバロンさんの境遇に置き換えて考えてみる。

もしも僕が七海を放って、友達を優先して、そして七海がそれにより傷ついたとしたら。我慢して我慢して、それを察することもできず、爆発させてしまったら。

想像しただけで辛い。

七海が僕から離(はな)れていくのも辛いけど、何より彼女(かのじょ)を悲しませるということが辛い。

『実際問題、僕は幸運だったよ。そこで妻が不満を言ってくれたからまだ間に合った』

「そう……なんですか？」

『それで他の男が慰(なぐさ)めたり妻の心が辛い時に寄り添ったりしてたら……完全にお別れだったろうね。たぶん、ギリギリの所だったと思うんだ』

その声は、悲痛な思いに満ちていた。暗くて低くて……普段の大人なバロンさんの言葉とは思えなかった。まるで今だけ、学生時代に戻ったみたいに。

それだけ、その思い出が辛いものなんだろうな。

『しばらくして、無事に復縁(ふくえん)できたんだけどね。妻も僕に謝ってきたよ。我慢して我慢して、平気な顔して、気にしてない風を装ってごめんって』

「奥(おく)さんも……ですか」

『若かったんだよねぇ。結局はさ、話し合いというかお互いに言葉が足りなかったんだよ。まだ学生だったから仕方ないとはいえ、すれ違いっていうのは本当に厄介(やっかい)だよ』

『でも……良かったですね。仲直りできて、結婚までされて。その辺、詳(くわ)しく聞きたいです』

『いやぁ……ちょっとその辺の話はまだ……ピーチちゃんには早い部分もあるかなぁ……？』

『えぇ……？　何があったんですか？　凄く気になるんですけど……』

ピーチさんはバロンさんの言葉にホッとして結婚した辺りを聞きたがり、二人の間でやり取りが続いていた。

だけど僕は、バロンさんの言っていた『すれ違い』という言葉がやけに耳に残っていた。今喋っている二人の声は僕には届かずに、頭の中でバロンさんの言葉が反芻されている。

『キャニオン君？　どうしたんだい？』

心配そうなバロンさんの一言で、僕は我に返る。ピーチさんも僕を心配しているのが伝わってきた。

「あ、いえ……バロンさんのその話を聞いて、僕等は言葉が足りてるのかなって……ちょっと不安になりまして」

『ごめんね、脅すつもりはなかったんだけど。でもさ、そういうこともあるって知ってほしかったんだ。年長者からのお節介だよ。君は君らしく、全力でぶつかっていくのが良いんじゃないかな』

『一番だって伝えてるし……私は、二人なら大丈夫だと思いますけど。でもそうですよね、できることはやっておいた方がいいですよね』

『まぁ、やりすぎると束縛にもなるから、その辺の加減は必要だけどね』

『大丈夫じゃないですか？　この二人なら。お砂糖製造機ですし』

どこでそんな言葉覚えたのピーチさん？

でも、二人のその言葉に……僕の心に勇気が湧いてくる。

「二人とも、今日はありがとうございます。ちょっと僕は落ちます」

『うん、健闘を祈るよ』

『頑張ってくださいね』

二人からの応援を受けて僕は二人との通話を解除する。そしてすぐさま七海へと電話をかけた。

コール音がしばらく鳴り続け、七海が出るまで少しだけ時間がかかった。もう寝ちゃったろうか？　その間、僕はまずは何を伝えようか、それを考えていた。

こんな夜遅くにごめんねか？　それとも、今日はありがとうか？　いや……何よりまず伝えたいのは……。

そしてコール音は止み、僕の聞きたかった声が聞こえてくる。

『もしもし、陽信？　ごめんね、今お風呂入ってたの。どしたのこんな時間に？』

「七海、いや声が聞きたくなってさ。迷惑だったかな？」

『ビックリはしたけど、迷惑じゃないよ。声が聞きたいなんて、もしかして～……寂しくなっちゃったのかな？』

少しからかうような七海の口調に苦笑するけど、僕はその言葉を否定しない。

「そうだね、会えないときは本当に寂しいよ。それとその……僕は七海が一番大切で、大好きだよ」

『きゅっ…きゅぅぅ……急に何さッ?! 私だって大好きだよ！ いや、そうじゃなくて……何かあったの？ 辛いことあった？』

「いや……違うんだけどさ。聞いてくれる？ 実は……バロンさん達とこんな話をしたんだ」

それから、僕はバロンさんとの話を七海に語る。

彼女は時に驚き、時に悲しみ、そして最後には……ハッピーエンドに喜んでいた。

「僕等もさ、これから色々あると思うんだ。だからさ、その度に変な隠し事はせず話し合っていこう」

『そうだね……うん、二人ならきっと大丈夫だよね』

「大好きだよ」

『うん、私も大好き……クチュンッ‼』

お互いに大好きと言い合った最後に、七海が可愛らしくクシャミをした。

『ごめん、陽信。私今、お風呂上がりで裸にタオル巻いてるだけなんだよね』

「うん……早速あれだね、話し合うべきところがあったね？」

『……写真撮って送ってほしいってこと？　陽信のえっち……』

「違うからね⁉　風邪引いちゃうから早く服着てねってこと‼」

そして、僕等はお互いに笑い合って……おやすみを言い合って通話を終了した。

ちょっとだけ……スマホに写真が送られてこないか心配になって、ソワソワしてしまったのは内緒である。

陽信におやすみと言った後、スマホの電源を切る。

私は今、裸にバスタオルを巻いた状態だ。そんな状態で陽信と話し続けてたもんだから、ちょっとだけ肌寒い。もっかい、お風呂入り直そうかな？

急に電話してきてくれて嬉しかったし、バロンさん達と話した内容を教えてくれたのも嬉しかった。そんな話をしてたんだ……。

　でもまさか、バロンさんが一回別れているとか意外だったなぁ。ちょっとお話ししただけだけど、凄く優しそうな声だった。そういう人も彼女と別れちゃうんだって悲しくなった。

　そこまで人となりを知ってるわけじゃないけど、彼を助けてくれた人が悪い人であるわけがないと思っている。

　まぁ、最終的にはまたお付き合いして結婚までしちゃったんだからハッピーエンドだ。

　私も一回陽信と別れるとか……あるんだろうか？

　想像して、今度は先ほどとは違う震えが私を襲った。指先から血の気がなくなってやけに冷たいし、変な汗も出てくる。せっかくお風呂入ったのに……。

　もっかい入ってあったまろう。そう決意した私だけど、再びスマホに視線を落とす。

「陽信はいらないって言ったけど……ちょっとだけ……」

　本当に私の写真、いらないのかな？　大好きって言ってくれたのに？　そんなことを考えながら、私はスマホを操作する。

　これは純粋な好奇心……好奇心だ。悪意とか変な気持ちは全くない。

　ちょっとだけ刺激的な写真を撮って、自分でそれを見たら私はどう感じるのか……。そんな実験をするだけだ。決して、大好きと言われてテンションが上がっての気の迷いとかじゃないはず。

その過程でうっかり誤操作して写真を送っちゃったとしても事故だよね、事故。

……いや、送るのはダメだな。変態的な行為すぎる。それはやめとこう。僅かに残った理性がその邪な考えを打ち消した。

撮るのはあくまでも実験だ。男子がどう思うのか、気持ちを知るための実験。私は女子だけど、心の中の男子を呼び起こすのよ。女子にもそういう部分があるらしいから。

たぶんそれは自分じゃなくて他の子を見ての反応だって薄々理解をしつつ……私はスマホを自分に向けてみた。

えっと……バスタオルを押さえながらだと難しいな……こんな感じ？　ダメだ、これだと溢れちゃう。あくまでもセクシーな感じで留めておかないと。全部見えるのはダメだ。

うーん、難しいなぁ……と私が四苦八苦してると。

「お姉ちゃん！　パジャマ忘れたでしょー？　なんか声聞こえてきたけどいつまでも裸で何やってるのさ、パジャマ持ってきて……あげ……たよ……？」

沙八にバッチリと目撃されてしまった。

バスタオル一丁で、スマホを自身に向けている私。入ってきた沙八はその手に私のパジ

ヤマを持っている。ピンクの、肌触りがお気に入りのやつだ。

私はお風呂上り直後は基本的に下着を着けないで、身体の熱が引いて寝る前に下着を着ける派だ。それが、昔からの私のルーティーン。

それを分かっているから沙八の手にはパジャマだけが……。

いや、詳細を言ってる場合じゃない。

私が我に返った瞬間、沙八は面白いものを見たと言わんばかりに、その小さな口を三日月の形に変える。白い歯がキラリと光ったように見えたのは錯覚だろうか。

私は羞恥に顔を赤くする。だから、行動が一拍遅れてしまう。その隙を見逃す沙八ではなかった。身体を反転させ、その身を素早く移動させる。

「お母さ～ん♪　お姉ちゃんが面白いことしてる～♪」

「待って沙八！　話し合いましょう！　沙八?!　沙八ちゃん?!」

私はバスタオルだけを巻いた状態で沙八を追いかける。いやだって、沙八が持ってるんだもん私のパジャマ。そりゃ追いかけるでしょ。

そして……私はその恰好のままリビングに出てしまった。

「あらあら」

「七海……それは流石にはしたなくないか？」

お茶を飲んでいたお父さんとお母さんが、私の格好を見て呆れてしまった。既に沙八は私の行動を報告していたようで……。

「……話し合いましょう」

この言葉も空しく、この後私はお母さんにこってりとお説教されて……それから改めてお風呂に入り直した……。

お風呂上がりの写真を撮って送るのはいくら付き合ってるとはいえNGと言われてしまっては返す言葉もない。お父さんも同様の意見だった。

陽信を信用してないわけじゃないが、万が一誤送信してしまったらどうするんだと。

全部正論だ……。だけど、問題はその後だった。

『どうせやるなら、バスタオル姿で陽信君に迫りなさいな』

『お母さんッ⁉』

『睦子さんッ⁉』

お母さんの言葉は、見事に私とお父さんのツッコミを引き出した。沙八は爆笑してたけど。写真はダメで直接は良いって……お母さんの基準はどうなってんだろうか？

ただまぁ、写真はダメっていうのは正論中の正論なので、その点は私も大いに反省した。軽率だった。テンション高くなっちゃってたから、認めざるを得ない。

だから、温まり直した私は……それからせめてとパジャマ姿で自撮りする。

そして……。

陽信、これでも喜んでくれるかな？

身体を動かすのはとても大切なことだ。適度な運動は健康にも良いし、心身の成長にも繋がっていくだろう。それに何より、体力というのはいざという時にないと困ったことになる。

身近なところでは災害とかが一番想像しやすいかな。何かあった時……大事な人を守りたいと思った時に、体力がないと守ることはできない。なんだかんだで、身体が資本というのは世の中を端的に表しているんだろうな。

僕も趣味で筋トレをしているから、割と体力はある方だと思ってたんだけど……今日、実際の運動部の活動を目の当たりにしてその考えは頭から吹っ飛んだ。

「え、なんなの今の動き。先輩あっちにいたよね、なんでいつの間にかゴール前で飛んでるの」

「はやっ‼　コートの端にいたのに相手コートまであっと言う間‼　うわ、飛んでる！」

僕も七海もそれぞれ表現は異なるけど、翔一先輩の動きに圧倒されてしまっている。いや、なんなのあの瞬発力。そして空を飛んでいるような跳躍力は。

体育館で先輩のダンクを見た時はもうゴールを決めている時だったからピンとこなかったけど、今は最初から最後まで観ている。

うわ、ゴールしたと思ったら速攻で戻ってる。バスケの試合って初めて見たけどこんなにハイスピードなの？　え？　うわ、相手の攻めも早い。

「おぉ、先輩がボールを取った。え、待って今どうやって取ったの？」

「全然分かんないけどいつの間にかボール持ってたよね。え？　なんで？」

七海が少しだけ興奮気味に僕の肩のあたりをパンパンと叩いてきた。痛みはないんだけど、衝撃で少しだけ身体が動く。それを気にする暇もないくらい試合から目が離せなかった。

今日は、かねてから約束していた先輩の練習試合を七海と二人で見に来ている。

練習試合っていうから軽いものかと思ってたがとんでもない。本当の試合なんじゃないかってくらいどっちも本気で、非常に見ごたえのある試合が展開されていた。

興奮してはしゃぐ七海が、つられて身体を左右に動かしたり、ピョコピョコと飛び跳ねたりしていた。どうやら七海はスポーツ観戦の時に身体が動くタイプのようだ。

もしかしたら今日の服装もそれを見越してなのかな？　今日の七海は、ロングのパンツスタイルだ。上は身体にピッタリとフィットした白いシャツに、少しダボッとした上着を合わせている。

だいぶ動きやすそうな服装だ。飛び跳ねるたびに上着とか髪とか色んな所が揺れている。僕の語彙力でこれをなんて表現すればいいのか分からないけど……シャツは身体のラインが綺麗に出ていたので、そのラインを目立たなくする上着があると安心だよね……。

まぁ実際、上着を着てても七海は注目を集めていたけどさ。

なんとなくスポーツデートってことで、僕も適当に動きやすい服装をしてきたんだけど正解だったな。学校で私服って変な感じがするけど……。

周囲を見渡すと、制服の人もいるけど……私服の生徒の方が多いな。知り合いは……うん、少なくともこの周りにはいないね。

いや、だってほら……僕と七海が付き合ってるのは周知の事実だけどさ、私服で学校に二人でいるところを見られたらなんか騒ぎになりそうじゃない。

せっかくのデートだから、あんまりそういう場には遭遇したくないなぁと。……おっと、ちょっと目を離したすきにまた展開が変わっている。いけない、ちゃんと見ないと。

それでも、周囲が気になって僕はチラリと視線をコートから外してしまう。

今日は休みだけど、体育館には割と人が集まっている。ほとんど女子生徒かな？　先輩の活躍にキャーキャー言う声が聞こえてくる。

てっきり最初は全部が翔一先輩のファンなのかなとか思ってたんだけど……一概にそうとも言い切れないみたいだ。先輩以外の選手にも黄色い声援が送られている。

まぁ、そうかもなと……僕はコートの中の選手たちに視線を送る。今まで気にした事なかったけど、バスケ部ってイケメン揃いなんだな。下手なアイドルよりカッコいいかもしれない。

特に人気があるのが翔一先輩だ。

先輩のひときわ大きな叫び声が聞こえてきた。それに合わせるように、周囲も歓声を上げる。

ビリビリと空気を震わせるような、ダイナミックで、気迫のこもったそのシュートは相手のゴールに見事に叩きつけられる。

「……凄いなぁ」

普段見ている先輩とのギャップに、僕は圧倒される。コートにいるのはいつも自信たっぷりに笑っている先輩じゃなくて、真剣な表情で勝負に挑む一人の男だった。

男の僕から見てもカッコいいし、こりゃ人気があるのも納得の活躍だ。

僕はチラリと横の七海を見る。七海は純粋にスポーツ観戦を楽しんでいて、僕もちょっとだけ、ほんのちょっとだけスポーツをしてればよかったかなぁとか思ってしまう。我ながら単純だ。

それにしても……七海はよくこのカッコいい先輩の告白を断れたなぁ。

思わず考える。いや、これは比較して卑屈になったとかじゃなく……純粋にこの真剣なまなざしで見つめられたら女子はかなりドキドキするんじゃないだろうか？

なんせ男の僕でさえドキリとさせられそうな視線だ。改めて、客観的事実として、本当によく断れたなと感心してしまう。

「先輩ってこんな真剣な顔できたんだねぇ」

「そうだね、カッコいいよ。男として憧れるなぁ」

「そう？　陽信も……カッコいいよ。真剣な表情とかキュンとしちゃうんだから、ぜーんぜん負けてない……どころか私の中では優勝です」

優勝した。

いや、優勝はいいとしても急に七海から褒められてしまい、試合観戦中にもかかわらず僕は思わず顔を逸らす。頬が熱を持ってるから……きっと顔は赤いんだろうな。

そしたら、とても軽い衝撃を受けて身体が揺れる。衝撃の方向に顔を向けると、七海が僕にピッタリとくっついて上目遣いで笑ってた。

「照れた？」

僕は沈黙したままゆっくりと頷くと、七海はとても嬉しそうに歯を見せて笑う。そしてすぐに僕から離れていく。

よくよく考えたらここ学校だし、みんな試合に注目しているから僕等には全く気付いていないようだ。こんなところで試合中にイチャつくとかちょっと失礼だしね……。

それからは、僕も七海も先輩を応援しながら試合を観戦した。

練習試合は先輩達の勝利で終わり……ありがとうございましたという声が体育館に響くと、周囲から拍手が巻き起こった。練習試合だけど、すごい迫力だったなぁ。

先輩は相手選手と握手したり、抱き合ったりしていて、そのたびにちょっとした黄色い歓声がまた巻き起こっていた。

周囲の生徒はまだまだ帰らないようで、僕等も先輩達の様子を二人で眺めながら試合の感想を言い合っていた。

「バスケの試合って初めて見たけど、凄い迫力だったね。息もつかないスピード感っていうか……ハイレベルすぎて何やってるか分かんない時もあったけど」

「私も野球とかサッカーの試合は見たことあったけど、バスケも見てみると面白いねぇ」

「そうなの？　僕、野球やサッカーすら見たことないや。ちなみに誰と行ったの？」

「野球はお父さんで、サッカーは音兄達とかな。それじゃあさ、今度一緒に行ってみる？　サッカーなら、たまに観戦チケットを音兄が貰ってくるんだよね」

チケットをもらえるとか現実にあるんだ。でも、スポーツ観戦のデートも楽しいっての が今回のでよく分かった。二人でいるのにわざわざ観戦しても……って思ったけど、よく よく考えたら映画とあまり変わりはないいんだよね。

新たな選択肢の出現に、七海も僕もちょっとワクワクした気分になる。改めて体育館を見ると、相手選手はみんな帰っていて、バスケ部の人達もどうやら部室に戻っているようだ。

「それにしても、陽信はこのバスケ部に入らないかって誘われてたんだね……」

「うん……今日確信したよ。これは無理だ」

七海がちょっとだけ慄いたように少しだけ低い声で呟いて、僕もそれに同調する。先輩、途中入部でも大丈夫とか言ってたけどこれは無理でしょ。他の選手の足を引っ張るだけだ。

「私としては、今日の試合見たら陽信と一緒に入るのも楽しそうかなって思ったけどねぇ」

「それはダメだよ。浮ついた気持ちで入部とか、他の人達にも失礼になるし」

今日の試合を見て思ったけど、みんなバスケに真剣に打ち込んでいる。標津先輩は普段はふざけているようにも見えるけど、あれはきっと場を明るくするためのポーズも入っているんだろうな。

そんな中に僕が七海と……七海にカッコいい所を見せたいという理由で入ったらどうなるか。

きっと、他の選手の士気が下がる。それによって先輩にも迷惑がかかるし、何より……七海にもきっと悪意が向くだろう。僕に向くなら良いけど、それは避けないといけない。まぁ、今日のを見てたら練習にもついていけなかっただろうから、入部しなかったのは正解だったなぁ。

「陽信、そろそろいいんじゃないかな？」

「あ、そうかもね……」

七海に促されて、僕等は体育館から移動する。このまま帰宅……じゃなくて、移動先は以前にも連れてってもらったバスケ部の部室だ。

さすがに挨拶もなしで体育館を後にするってのは不義理だし、翔一先輩には良ければ試合が終わったら遊びに来てくれと言われてたから。……社交辞令じゃないよね？

少しだけその可能性を考えてノックをすると部屋の中から少しハスキーな声が聞こえて

きて、部室の扉がゆっくりと開かれた。

「ごめんなさい……標津先輩は試合直後なんで一緒の写真とかは……あれ？」

開いた扉から顔を覗かせたのは、一人のジャージ姿の背の高い女性だった。黒髪を短く揃えていて、非常に整った顔立ちをしている。一見イケメンにも見えるけど、女性だと分かったのは以前にも彼女と会ったことがあるからだ。

確か……マネージャーさんだ。練習の時にもお会いしたけど、やっぱりイケメンだ。彼女は僕等を見た瞬間に少しだけ目を見開いて驚いていた。覚えてくれてたのかな？　だけど目を見開いた後、彼女は僕等を黙ってジーッと見ている。えっと……覚えてくれてる……のかな？　僕等はお互いに顔を見合わせた状態で沈黙してしまう。

ちょっとだけ気まずい沈黙が流れる。

そういえば……さっき一緒に写真って……。　え？　先輩ってそういうファンサービス的なの求められるの？　芸能人とかプロみたいじゃん。

沈黙はしばらく続いて、彼女は背が高いので僕も七海も見下ろされる形になっていた。ジッと観察するように見られた僕は少しだけ七海の前に移動して、かろうじて声を絞り出す。

「えっと……翔一先輩にご挨拶を……」

「主将……後輩君、来ましたよ」

声を出すのはほぼ同時だった。

ボソリと呟きながら、マネージャーさんはゆっくりと振り向いて標津先輩へと声をかける。低くハスキーな声なのに、不思議とその声はよく通るものだ。そのまま僕等らは「どうぞ……」と促されて部室へとお邪魔する。

……えっと……なんか僕も七海も凄く見られているんだけど気のせいじゃないよねこれ。前に確か先輩が彼女に嫌われてるみたいなこと言ってたけど、もしかして僕等もそうなんだろうか。

よくよく考えたら、今でこそ僕は翔一先輩と友達として接してるけど、僕って先輩を卑怯な手でハメて負かした前科あるんだよね。もしかしてそれで……？

「おぉ！　陽信君達、わざわざ来てくれたんだね。どうだったね、我がチームの活躍は？」

「月並みな言い方かもしれませんが、凄かったです。先輩、あんなに真剣な表情するんですね」

「ハッハッハ、試合の後は普段しない表情のせいで顔が痛いよ」

冗談なのか本気なのか分からないけど、先輩は自身の顔をその大きな手でグニグニとマッサージするように揉んでいた。いや、本気かなこれは？

そこまで広くない部室内ではどうやら試合の反省会が開かれているようだ。机の上には軽食が置かれて、ホワイトボードには色々な……バスケの専門用語が書かれてたりする。

「ミーティングを邪魔しちゃ悪いんで、これ……簡単なものですけど差し入れです。皆(みな)さんで食べてください」

「これは、気を遣わせてしまったかな？　遠慮(えんりょ)するのも失礼だ、ありがたくいただくよ」

「いえいえ……手作りなんで今日中に食べてくださ……」

僕が手作りと言った瞬間、机に座(すわ)っていた他の部員達が身を乗り出すのが分かった。七海は驚いてしまったのか思わず小さな悲鳴を上げる。僕はそんな彼女を隠(かく)すように前に立つけど……同じタイミングでマネージャーさんも間に入ってくれていた。

標津先輩は振り返ると、他の部員達に見せつけるように差し入れを掲(かか)げる。

「こらこら、女性を怖(こわ)がらせるような者にはこの手作りお菓子(かし)はあげられないぞ。バスケ選手たるもの、常に紳士(しんし)でなくてはならないのだよ」

あれ？　紳士のスポーツってゴルフなんじゃないの？　もしかして、バスケも紳士のスポーツなんだろうか。帰ったら調べてみようかな。でもまぁ、どんなスポーツも紳士的であるにこしたことはないよね。

七海は僕の後ろからピョコッと顔を出して、マネージャーさんにお礼を言っていた。僕もお礼を言うと、マネージャーさんはプイとそっぽを向いてしまう。

あれ、怒らせたかな……とちょっと不安になっていると、先輩がこちらに向き直る。

「うちのマネージャーはこう見えてちょっと人見知りなんだ。まだ二人には緊張して顔が強張っているようだし、不快に思わないでくれると嬉しいな」

あぁ、そうなんですね。

なるほど、さっきから睨まれてるのかなと思ってたけどとんだ勘違いだったようだ。失礼なことを考えてしまって反省しなければ。

……おっと、標津先輩の向こうでは部員さん達が手作りのお菓子を早く食わせろと呪詛にも似た声を発してしまっている。だけど、その中にギャルが作ったお菓子をという言葉が混じっているのに気づいてしまった。

「しかし、いいのかい？　茨戸君の手作りは彼氏の特権だろうに」

標津先輩も同様の勘違いをしていた。そうか、それで身を乗り出してたのか。確かに僕の言い方も紛らわしかったな……これは真実を言っておいた方がいいだろう。

「いえ、それ作ったの僕です。七海も手伝ってくれましたけど」

即座に、部室の皆の動きが止まる。

マネージャーさんなんてさっきまでの表情が嘘だっていうくらいに驚きを顔に出してい

た。え？　なんでそんなに驚いてるの……？

　そこからは見事な連携がスタートする。

　机の上からは物がなくなり、標津先輩は僕の作ったお菓子をテーブルの上に置いて開封する。マネージャーさんは一緒になって僕のお菓子を凝視する。

　……そんなに見られると照れるんだけどな。

　開封されたそれを見て、標津先輩は呟いた。

「おぉ、美味しそうなパウンドケーキじゃないか」

「はい。バナナのパウンドケーキです。部活後はこういうので栄養補給が良いって調べたら出てきたので……」

　みんながケーキに感嘆の声を漏らしていて、僕は更に照れ臭くなってしまう。

　中には「そうか……今はやはり料理ができる男子がモテるのか……!!」と、あらぬ方向に解釈してしまった人もいる。

「これは……わざわざありがとう。手間だったんじゃないか？」

「あ、いえ。混ぜて焼くだけなんで僕でもできましたから。要所要所は七海に手伝ってもらったので、味に関しても大丈夫だと思います」

「なるほど、二人はそうやってお料理デートをしているわけか。仲が良くて結構なことだ」

標津先輩はパンと大きく手を叩き、部員さん達はどこか嫉妬交じりの視線を僕に送ってきていた。いや、お料理デートってそんな大げさなものじゃ……確かに料理は教わってますけど。

すると今度は、マネージャーさんもボソッと呟く。

「……今度……料理教えてください……私も……こんなの作ってみたいです」

「おぉ、それは素晴らしい。それじゃあ僕も教わってみたいな」

モジモジと照れながら、マネージャーさんは下を向いてしまった。大柄な女性がそんな仕草をするとギャップでとても可愛らしく見える。周囲の部員さん達も、どこか温かな視線をマネージャーさんに送っていた。

標津先輩はそのまま無言でケーキを少しカットすると、それを口の中にポンと放り込む。こうして誰かほかの人に食べてもらうのは緊張する。初めての相手ならなおさらだ。しばらく無言で咀嚼する先輩を、僕と七海は固唾を呑んで見守る。他の人達も無言で先輩の動向を見守っていた。

そして、ゴクリという音と共に先輩が口の中のケーキを嚥下すると……大きく手を叩く。

「うん、美味い！」

その一言に僕はホッとする。先輩に喜んでもらえて良かった。七海は僕の後ろから耳元で良かったねと囁いてくれる。振り向いた僕は彼女に笑みを浮かべて、小さくピースサインを見せた。

　その一言を皮切りに、他の部員の皆さんも食べてくれる。口々に美味しいという賛辞の言葉を出してくれて嬉しくなってきた。こうやって料理を人に食べてもらうのって良いなあ。

　うん。これで先輩に渡すものも渡せたし、これ以上は邪魔になっちゃうか。

「それじゃ先輩、僕等はそろそろお暇しますね。お邪魔しました」

「おぉ、そうか。陽信君、今日はわざわざありがとう。これから茨戸君とデートかい？」

「ええ、これから二人でどこかに行こうかなと……」

「なるほど……良ければだが、ここに行ってみるといい。たまに練習で使ってるんだが、きっといつもとは違ったデートが楽しめるだろう」

　先輩はどこからか取り出したチケットを僕等に手渡してくれた。練習に使うって……バスケコートとかそういうのかな？　確かに練習試合を見学した後なんで、身体を動かすのも悪くないかなと思っているし、タイムリーだ。

　場所は……ここからそれほど遠くない。でも聞いたことのない施設名だ。七海に視線で問いかけてみても、彼女は小さく首を振るだけだった。

「ありがとうございます。ちなみにここって何の施設なんです？」

「フフフ……それはね……」

先輩は少しだけカッコつけたポーズをとると、大げさに両手を広げる。

そのポーズのまま、その場で試合の時のようにジャンプすると……背が高いからか部室の天井に頭をぶつけてしまった。

僕等は驚いてしまったんだけど、周囲の部員達は唐突な先輩のその行動に対してもまたやってるよ程度の反応しか返さない。え、いつもこんなことやってるのこの人？

ぶつけた頭が痛むのか、ちょっとだけ涙目になりながらも先輩は平静を装って大きく答えを口にする。

「トランポリンだ‼」

「トランポリン？」

僕も七海も、先輩の口にした単語に首を傾げるしかなかった。

◇◇◇◇◇◇◇◇◇◇◇◇

トランポリン。

僕のイメージだとそれはマットが張られた丸型の器具の名称で、その上で飛んだり跳ねたりできるものだ。マットは反発性がとても高くて、その上でジャンプすると非常に高く跳べるとか……その程度の知識しかない。

だから僕は、トランポリンは器具の名称だけではなく、その名称自体が競技を示していることも、そのトランポリンができる施設が存在していることも知らなかった。

どちらにせよ、僕の人生には縁のないもの……いや、子供の頃に似たようなことはしたかもしれない。なんか柔らかいボールがたくさん入った箱の中で飛んだり跳ねたりしてたかも。あれはトランポリンとはちょっと違うのかな？

そう思うと、飛んだり跳ねたりするのは案外楽しいものなのかもしれない。

「今日は動きやすい服で良かったねぇ」

「そうだね。でも七海、よく身体動かしたくなるかもしれないって思いついたね」

「だってほら、スポーツ観戦した後って割とそうなるからさぁ」

実体験でしたか。僕なんかスポーツ観戦をまともにしたことなかったから思い至らなかったよ。見てたのはテレビで……野球中継くらいかな？　それも食事中に少し見る程度だし。

ワールドカップやオリンピックでさえ全く興味がなくて見ないからなぁ。周囲は盛り上がってたみたいだけど……だったらゲームしてた方が良かったし。

まぁ、僕の話はいいや。僕等は今、学校を後にして標津先輩に紹介(しょうかい)された施設に向かっていた。トランポリンを気軽に楽しめる施設らしくて、数年前にできたんだとか。

トランポリン専門って聞くと凄(すご)くビックリしたんだけど、そんな施設がここ数年で徐々(じょじょ)に増えてきていると先輩は言っていた。割と人気があるらしく、家族サービスやカップルのデートにも良いってのも言ってたな。

なんで先輩がそんなことを知ってるかというと、先輩がその施設を使っている時に見かけるからだそうだ。

行くきっかけになったのは、跳ぶ感覚とか、空中での感覚を養うために何かないかと調べていたらトランポリンを見つけて、試(ため)してみたらこれが思いのほか良かったからみたいだけど。

自分の脚(あし)で跳ぶよりも遥(はる)かに高く跳べるし、膝(ひざ)への負担も少なそうだし、何より楽しいしと良いことずくめなので、部活が休みの日にたまに来てるそうだ。

そして、何回か通ってて気づいたらしい。割とカップルとか家族連れが多いって。

だから機会があったら……自分に彼女(かのじょ)ができたら連れて行こうと思っていたらしい。もちろん、七海への告白が成功したら行ってみたい場所だったんだとか。

今はたまに部活の仲間や、マネージャーさんと一緒に行ったりしてるみたいだ。

マネージャーさんと一緒って……それってデートなんじゃって聞いてみたら、部活の一環でマネージャーさんも効果を確認したいから行っただけと先輩は言ってたっけ。

それを言った瞬間、なんか部室内の空気が一気に冷えたというか……みんな手を止めてどこか呆れた目で見てたのは僕の気のせいだろうか？

「マネージャーさん……標津先輩のこと好きだよねきっと」

「えっ⁉　そうなの⁉」

「んー……たぶんだけどねぇ。私も恋愛関係に鋭い方じゃないけど、でも視線とか雰囲気とかでもなんとなくそう思ったなぁ」

七海のその言葉に、僕は驚いてしまう。え、前に嫌われてるみたいなこと言ってたから全然分からなかったんだけど……。女の勘ってやつだろうか。僕は視線とか雰囲気も分からなかったけど。

もしかして、さっき空気が冷えたのは標津先輩も気づいていないからとか……？

そういう雰囲気を察することって、僕苦手なんだよなぁ……。あまり人付き合いをしてこなかったからか、どういう状況でどういう空気になるのかが分からない。

だから僕は直接口にしないと伝えられないし、遠まわしだといまいち真意が理解できない。七海に関してはもうちょっと察したいんだけど……。

「これも練習が必要かねぇ」

「いきなりどしたのさー。陽信、いっつも頑張ってるじゃない。今日だってお菓子作ってたし」

「いや、空気を読む能力とか、雰囲気を察する能力とか……そういうのを鍛えなきゃなぁと。そしたら七海のことも、もっと理解できるだろうし」

七海は僕の言葉を受けて、そのまま少しだけ微笑んでから僕にくっついてくる。ちょっとだけ歩きにくくなるけど、それでも前よりはうまく歩けてる気がした。

「いーんじゃない？　雰囲気とか察して言葉を交わさないより、多少通じなくても私は陽信とお喋りがたくさんしたいよ。言わなくても分かるより、私は言って分かった方がいいな」

あぁ、なるほど。確かにそうかもしれない。

なんだか前にも同じようなことを考えたことがあったけど、言わなくても分かるってのは……結局相手に気持ちを伝えないことになってしまうんだ。

それなら確かに七海とたくさん話をした方が……。いや、待てよ。

「そもそも、別に気持ちを理解してても話をすればいいのかな」

「あ、確かにそうかも。別に察したからって言っちゃダメってことはないよね」

ケラケラと楽しそうに七海は笑う。そうなんだよね、よくよく考えたら別に言わなくても分かっている状況でも、言葉にすれば良いだけなんだよね。理解することと、話をすること。何故かどちらかだけって思い込んでた。

「あ、ここかな？」

そんなことを話してたら、目的地に到着した。毎度のことだけど、駅から目的地まで話をしてたらあっという間だな。

目の前には一見するとスポーツをする施設じゃなく、どこか倉庫のような雰囲気の建物が建っていた。ただ、倉庫にはまずいないような子供がその建物内に入っていっている。

標津先輩の言う通り、家族連れが多いみたいだ。カップル的な人達はあまりいなさそうだけど。

トランポリンの専門施設か……どんなところなんだろ？　僕は初めての施設に入る時特有の緊張感を覚えつつ、建物の中へと入っていく。

受付を済ませてトランポリンのある場所へと移動すると、そこには僕のイメージとは異なる四角い形状の器具が置かれていた。丸くないんだ。

どうやら今日はあまり人がいないようで、飛び跳ねているのは子供が数人程度だ。周囲では親御さんたちが見守っている。けっこう高く跳んでいるなぁ。

僕等は施設の人にルールと、簡単な跳び方を教わって自分達の番を待つ。基本、一人一つのマットで跳ぶけど、タイミングを合わせて隣り合って飛ぶこともできるようだ。

でもまずは練習がてら、一人ずつ跳ぶことにした。ちょっと怖いし。

「それじゃ、やってみようか。まずは僕が……」

「が、頑張って……!!」

緊張している僕に対して、七海も緊張した面持ちで両手をグッと握って僕を鼓舞してくれた。その様子を見てちょっとだけ緊張が解れる。

基本的に一人一つで、通常は跳んでる人がいなくなったら好きなタイミングで跳ぶんだとか。今は幸いにして空いてるトランポリンが一つあるので問題なさそうだ。

いきなり飛び込むのはちょっと勇気がいるので……ごく普通に一歩を踏み出した。床とは違って、歩くたびに反動が足に響いて、ふわふわと跳ねるように……実際跳ねてるけど……トランポリンの中央を目指す。

これ、普通に歩くだけでも難しいな。

バランスを若干崩しながら、よろけながら、僕はなんとか中央まで移動する。まずはゆっくりと、中央で軽く跳ねる。僕が跳ねるたびにバウンッという強い音が周囲に響いた。

そこから徐々に高くジャンプをしていく。

……いや、ただ真っ直ぐ跳ぶだけで凄く難しいよこれ。

床が近づいたかと思うと、すぐに遠くに離れていく。教わった通りに手を使ったりしてるけど、バランスを崩さないように慎重に跳んで周囲に気を配るって、慣れるまで少しかかりそうだ。

確か一人二分くらいって話だから……今はまずは感覚を慣らすところから始めようか。

七海の声がかろうじて聞こえるんだけど、よく聞き取れなかったので僕は手だけで彼女に応える。たぶんこっちの方にいるはず。

それから僕は真っ直ぐ跳ぶことだけに二分を費やした。ただ、てっきり自分では真っ直ぐ跳んでいると思ってたんだけど、止まったら最初の向きとは逆になっていて、後ろから七海に声かけられてビックリしちゃった……。いや、いつの間に後ろに回ったのかと。

トランポリンから降りたら、今度は別の人が跳び始める。七海が次に跳ぶのかなと思ったら、違ったみたいだ。

「陽信、お疲れ様ー。はい、タオルどーぞ」

「あ、ありがと……って僕タオル忘れてたよ。わざわざ持ってきてくれてたんだ」

僕がタオルを受け取ると、七海はエッヘンと得意気に胸を反らした。上着からチラリと覗く白いシャツが少しだけ眩しく感じる。

だけど得意気にしていた七海は、次の瞬間に目を見開いて後悔するように眉尻を下げる。

いきなりの落差に僕もビックリして、思わず汗を拭く手を止めてしまう。

「ど……どしたの？」

「しまった……ここは私が汗を拭いてあげる場面だったか……！」

落ち込んでる理由がだいぶ予想外過ぎた。というか、さすがに外で汗を拭いてもらうのは……それをしてもらっているのは子供くらいじゃないだろうか。

そこまで沢山の汗はかいてなかったので、僕はすぐに拭き終わる。七海は肩を落としたかと思うと、次の瞬間にはもう立ち直る。早いなぁ切り替えが。

「よし、拭いてあげるのは次のタイミングだ！」

「いや、外だしそれはちょっと恥ずかしい気も……」

「じゃあ、陽信が私の汗を拭いてくれる？」

「えっ……？」

僕が七海の汗を拭く？　え、それって、いいの？

なんだろう、今まで手を繋いだり、一緒に温泉に行ったり、キスしたりしたのに……汗を拭くという行為が今までしてきたこと以上に、ひどくいけないことのように感じてしまう。

普段は絶対にしない行為だからだろうか、それとも彼女の身体から出てきた汗を僕が拭くという行為そのものに僕が何かしらのこう……口に出せないものを感じているのだろうか。

停止した僕に、七海は自分のタオルを手渡してきた。

「じゃあ、見ててねぇ」

軽くウィンクした七海に、僕はうんと気のない一言を返して彼女を見送る。着ていた上着もタオルと一緒に預けてきたので、上はシャツのみになる。

七海も僕と同じようにゆっくりとトランポリンの中央まで移動し、そこでゆっくりと踏みしめるように飛び跳ねていく。ピョンピョンと真っ直ぐに奇麗に跳ぶ姿に、僕はちょっとだけハラハラしながら彼女を見ていた。

いつの間にか髪を後ろで一つに結んでいて、跳ぶたびにその髪が揺れていた。髪が長いとあんな風になびくのか。七海は楽しそうな笑顔だ。

元々運動神経がいいのか、七海はまっすぐに跳ぶだけじゃなくて足を開いて跳んだり、ちょっと捻ったりと色々な動きを加えていた。上達早いな。

思い付きで僕がスマホで七海を撮影していると、彼女はそれに気が付いたのかこっちにピースサインと共に笑顔を向けてきた。周囲もちゃんと見えているようだ。

スマホの画面は彼女に向けたまま、僕は七海を視認する。スマホは思い出のために撮っているだけで、あくまでも彼女を見るのは僕自身の目だ。画面越しには見ない。

そのためか……僕はそこで初めて違和感に気づく。

何の違和感かは分からない。だけど、ほんの少しだけ……いつもとは何かが違っている。なんだろうか？　気のせいかな。

僕は違和感が何なのかを見極めるように、ジッと七海を観察する。そして数十秒ほど見たところで……僕は違和感の正体に気が付いた。

「あっ……」

我ながら何というか……いや、割と最低な気づきじゃないかこれは。いや、最低なのかどうかは分からないけど、とにかく違和感の正体は分かった。

胸だ。

七海の胸、あれだけトランポリンで跳んでるのに全く揺れてない。

いや、だから何だっていう話だ。しかもそこに違和感を覚えるって……僕はどんだけ七海の胸が好きなんだ。いや、七海は胸だけじゃなく全部好きだけど。そうじゃなくって……。

気が付いてしまったらもうなんか視線が胸にチラチラと行ってしまう。楽しそうな七海を見たいのに、そこに気が付いてしまったから目が無意識に動くというか……。

こんなことなら違和感を持たなきゃよかった……今更考えても持ってしまったものは仕方ない。女性の胸が揺れないことだってそりゃあるだろうさ。落ち着け。

僕が邪念を振り払うように葛藤していると、二分はあっという間に過ぎて七海が戻ってきた。

僕の時もそうだったけど、二分でもじんわりと汗が出てくるんだよね。七海は軽く息を切らしながら、楽しそうにしている。

「お疲れ様。はい、タオル」

「ありがと。運動久々だから、息が続かないねぇ……はぁ。私ももうちょっと運動した方がいいかな」

僕からタオルを受け取った七海は、少しだけ出てくる汗を丁寧に拭き取る。腕や額を軽く撫でるようにして、次に首筋へと移行しようとしたところで、その動きがピタリと止まる。

どうしたのかなと首を傾げると、七海は僕にタオルを差し出しながら……ニヤーッと歯を見せて笑った。

「首の後ろの方、拭いてくれないなぁ～？　ほら、ちょっと手が届かなくてさ～」

さっきまで軽く届くような仕草をしておいて、七海は備え付けられている椅子に腰かけながら非常にわざとらしく僕に背中を向ける。

後ろからは一つに結んだ七海の髪が、首から肩にかけて流れている。普段は見えないうなじがハッキリと見えていて、そこに少しだけパラリとかかっている髪が健康的なのにどこか怪しい色気を演出していた。

思わず差し出されたタオルを手に取りながら、僕はゴクリと唾を飲み込んでしまう。しまった、受け取ってしまった以上はやらざるを得ない。

「はやく～」

七海は身体を軽く揺らして、僕の事を待っている。早く汗を拭いてあげないと、身体が冷えて風邪をひいてしまう。だけど、そんなことしていいのだろうか？

……いや、これも言い訳か。しかもやらない言い訳じゃなくて、やってもいいという方向の言い訳だ。自分の気持ちを誤魔化してしまっている。

受け取ったということは、僕はやってみたいと思っているということだ。やらなきゃいけない、やっても問題ないという言い訳を必死に頭の中で探している。

だから言い訳をするな。

やりたいから、やるのだ。

「じゃあ……拭くよ」

「うん♪」

楽しそうに弾んだ声を出す七海とは対照的に、僕は緊張感に包まれながらも彼女の肌へとタオルを持った手をゆっくりと近づけていく。

手を伸ばすだけで簡単に触れられる距離なのに、触れるまでの時間がとても長く感じられた。その間、僕自身はさっき拭いたのとは違う汗が流れてくる。呼吸は正常だけど、心臓だけがドクドクと力強く脈打っていた。

そして、僕の手を彼女の肌に触れさせる。正確にはふわふわとしたタオル越しだけど、七海の柔らかな肌の感触が伝わってくる。

まるで長い距離を旅して、その目的地に到着したような気分だ。

オアシスを見つけた旅人ってこんな気持ちなのかな。やっと辿り着いたって感じで……旅をした事がないからいつかしてみてもいいかもしれない。

「んッ……」

僕が触れると、七海はピクリと身体をほんの少しだけ震わせて反応を見せる。吐息とその声が思わずといった感じに小さく漏れ出ていた。

僕は七海が不快に感じないように、タオルで慎重に、ゆっくりと撫でていく。昔、学校行事だったかな？　ガラス細工を扱ったことがあるけど、その時以上に慎重になっている。タオルはとても柔らかいけど、その柔らかいタオルでも七海の肌は傷つかないだろうかとか、そんな間抜けなことを僕は考えていた。タオルで傷つく肌ってどれだけ弱いんだろうか。

それでも傷つけないように、滑らせるように、撫でるように僕は七海の肌にタオルを触れさせる。

汗を拭くのは首の後ろの肌が露出している部分だけだけど、なんか凄く広く感じる。

「あッ……。ふッ……ぅんッ……」

「七海……変な声出さないで……」

「だってほら、気持ちいいんだもん。陽信、拭くの上手だね」

気持ちいいの？　それに拭くの上手だねって、生まれて初めてそんなことを言われたよ。普通に生活していたらまず聞かない……いや掃除の時くらいか、この言葉を聞くとしたら？

七海の声を聞いて、動揺して手に力を入れなかった自分を褒めてやりたい。

そして僕はタオルを七海の肌からゆっくりと離す。タオルは汗を拭いたからか少し濡れていた。いや、気にするな。そこを気にしたらちょっと変態チックだ。

「はい、おしまい」

「ありがとー。それじゃあ、次に陽信が汗かいた時は私が拭(ふ)いてあげるからね」

「いや、僕は……」

「やってくれたお礼だから、遠慮しないで遠慮しないで。あ、そろそろ次跳んでみる？」

なるほど。まぁ、お礼と言われたら断りづらいし、拭いてもらうのもいいかもしれない。

僕はタオルを七海に返しながら、ぼんやりとそんなことを考える。別にほら、拭いてあげるのも思ったよりも普通のことだったしね。うん。

……嘘です。滅茶苦茶緊張(めちゃくちゃきんちょう)しました。まだまだ七海関連では慣れないことがいっぱいある。今日みたいに汗を拭いてあげるとか、なんか特殊(とくしゅ)過ぎて……。

「じゃあ……お願いしようかな」

そう答えた瞬間、七海はそれはそれは見事なガッツポーズを決める。そんな大げさな……って、普通これって逆じゃないか？　いや、逆でもおかしいか。

「なんでそんなに汗(あせ)を拭きたがるのさ……？」

あんまりにも執着(しゅうちゃく)が強いので、僕は七海に疑問をぶつけてみた。いやまぁ、やってくれるならやぶさかじゃないんだけど、それでもそんなにやりたがるものかなぁと。

そしたら七海は、両手をムニムニと合わせながら恥ずかしそうに口元を隠す。

「ほら、試合を見学したじゃない。そしたらなんかこう……陽信が部活入ってて私がマネージャーだったらどうなんだろって、形だけでもそれっぽいことしてみたくなって……」

「七海って、意外と形から入りたがるんだね。というかそもそも、汗拭いてあげるってマネージャーの仕事じゃない気も……？」

「いーじゃない、したくなっちゃったんだもん！」

七海はちょっとだけ口を尖らせながら、両手を大きな動きでだらりと下げる。なんだかその仕草がおかしくて、僕は思わず吹き出してしまった。

七海は最初、ちょっとだけ怒ったような、拗ねたような表情をするんだけど、やがて僕の笑い声につられたのか同じように吹き出す。

「それじゃ、せっかくだし汗拭くのをマネージャーにお願いしようかな」

「もーッ!!　バカにしてるでしょ?!」

「してないしてない。それじゃあまた跳んでみようか」

それから僕等は二人で一緒に、トランポリンで跳ぶのを再開した。

何回か交代して跳んでいたんだけど、そのうち慣れてきたのでタイミングを合わせて隣同士で跳んだりする。意外と良い運動だコレは。

他の人は僕等よりもベテランなのか、バク転をしたり回転したりと難易度の高そうな技を使っていたけど……さすがにそこまでは無理だなぁ。七海はなんか普通にお尻で跳んだりしてるのが凄いな。度胸がある。

それで……だ。話を蒸し返して申し訳ないんだけど、落ち着いたらまたあのことが気になってしまった。そう、七海の胸のことだ。

一緒に跳んでいるとよりはっきり分かったんだけど……やっぱり全く揺れていない。いや、揺れていたらこの施設に来ている男子の性癖を歪ませる可能性がありそうだから良いことなんだけど……。まぁ、七海は割と注目集めてるのでもしかしたら手遅れかもしれないけど。

とにかくまぁ、再び気になったらどうしてもチラチラと視線を送ってしまう。そしたら……。

「もー!!　胸見すぎ!!」

怒られた。

休憩のために自販機でお茶を買って、汗を拭きながら飲んでる時に割とガッツリめに怒られてしまった。頬を膨らませてご立腹である。

まぁ、当然だよね。逆によく休憩まで怒られなかったものだ。僕としてはもう誠心誠意謝るしかなかった。上着を着て胸を隠しながら、七海はちょっとだけ怒りながらも首を傾げる。

「なに？　今日どうしたのさ、胸ばっかり見て……温泉行った時より見てない？」

「いや、そのー……えっと……」

ジト目で見られながら、僕はちょっと焦る。どうしようか、正直に言ってセクハラにならないかこれは？　いやでも……何でもないよで乗り切るにはもう無理がある。

前に僕は動くものには視線が行ってしまうと発言した覚えがあるけど、まさか動かないものに視線が行くようになるとは思ってもみなかった。

「今日は胸、全然揺れないんだなぁって……」

僕は思っていたことを正直に伝える。

すると、腕で胸を隠したままだった七海は一度腕をほどいて、自身の胸を見下ろす。そして、片方をふにっと触ると軽く持ち上げて、手を離す。

えっ、何してるの。

そして、身体を小刻みに震わせる。

そうだよね、そりゃ怒るよねと僕がオロオロしてしまったんだけど……七海は別に怒っているわけじゃなかった。くぐもった声が七海から響いてくる。

「な……七海？」

身体の揺れは徐々に大きくなっていき、七海はとうとう肩を震わせていた。そして、七海は顔を上げると……笑っていた。

「む……胸が揺れないって……揺れないから見てたって……」

大声は出さないんだけど、肩を震わせてクックッと笑っている。声を殺しているからなのか、それとも笑いすぎてなのかお腹を押さえて涙目になっている。一度大きく息を吸い込むと、ひゅうという呼吸音が聞こえてきた。

「な……ななみさーん……？」

「フフッ……陽信……そ……そんなに……揺れる胸見たかったの……？　ククッ……ダメだ、お腹痛い……!!　そんな理由で胸見られたの初めてなんだけど……!!」

七海はその場で笑い続ける。どうやら、僕が胸を見ていた理由が七海のツボに入ってしまったみたいだ。そんなに笑うことある？

ひとしきり笑う七海を、僕はそっと傍で見守っていた。こういう時って落ち着くまでだいぶかかるんだよね。それから僕は、七海が落ち着いたのを見計らって自販機で買ったお茶を手渡す。

「はー……アハハ……ダメだ、まだちょっと笑っちゃう」

まだちょっとだけ肩を震わせながらも、七海はそれを受け取ると蓋を開けて一気に飲む。笑いながら飲んでるからむせないかなと心配だったんだけど、どうやらそれは問題なかったようだ。

「ふぅ……」

「落ち着いた？」

お茶を飲んで一息ついた七海は、僕の問いかけに黙って首肯する。まさかあんなに笑うとは思っていなかった。あんなに笑った七海って初めてじゃないだろうか？

七海は落ち着いたのか、もう笑ってはいなかったんだけど胸のあたりに手を置いて僕の方をニヤニヤと笑って眺めていた。

「そっかぁ、揺れなくて残念だったねぇ」

「いやいや、そうじゃなくて！　今日はいつもよりその……揺れないのはなんでなのかなぁと思っただけで、残念とかじゃ……」

「残念じゃなかったの？」

「うッ……」

「あれー？　残念じゃなかったのー？」

七海はちょっとだけ意地悪く、僕の胸辺りとグリグリと突っついてくる。僕が答えに窮

したのは……ちょっと残念だという思いを否定しきれないからだ。

七海はきっと、僕の答えが分かりすぎるほどに分かりきっているはずだ。だけど、僕からの答えを求めている。ちょっとだけ意地悪だけど……でもまぁ、それくらいでお仕置きが済むのであれば安いものだと考えることもできるか。

僕は降参したように両手を上げて、観念したように呟いた。

「はい、ちょっと残念でした……」

「うむ、素直で宜しい！」

七海は胸をバンと突きだすようにして腰に手を当てる。上半身を大きく反らした体勢になった七海は、どこか誇らし気な、得意気な表情を浮かべている。

胸が揺れないって話からなんでこうなったんだっけ？　僕の疑問を他所に、七海はその姿勢のままで口を開く。あの体勢で喋って苦しくないのかな……？

「ほらほら、陽信……何か気付かない？」

姿勢を崩さず、七海は器用に身体をフリフリと揺らす。そうして身体を揺らしてみても、胸はほとんど揺れていないようだ。

揺れている七海をよくよく観察してみると、揺れ以外にもいつもと違う箇所があることに僕はそこで初めて気づく。七海のシルエットがいつもと若干違う……？

もしかして、本当の違和感の正体はこれだったのか？

いやでも、違ってたらどうしよう。でも、七海が気付かないと言ってきたんだから答えてもいいんだよね……？　僕はその言葉を口にする勇気を少しずつ絞り出す。空の瓶に液体を少しずつ満たすように、ゆっくりと。

そして、瓶が満たされたと僕が感じた瞬間に……その答えを口にする。

「もしかして……胸がいつもより小さい……？」

うん、勇気を溜めて出した言葉がこれかよと、我ながらツッコミたくなる。普通ならぶっ飛ばされても文句は言えない発言だ。特に胸の話題とかデリケートだし。

でも違いというとそれくらいなんだよ。いつもはもうちょっとこう……胸の部分のシルエットが円を描いているんだけど、今日はいつもよりも若干フラットになっている。

……さすがに怒られるかな？　とか思ったけど、そんなことはなかった。

七海はというと、体勢を元に戻して僕に対して楽しそうに拍手を送っている。これは……当たっているってことかな？

「今日はね、運動するからスポブラにしたんだ。これだと変に揺れないし、せっかくだから前に初美達に教えてもらった胸が小さく見えるヤツを着けてきたんだよ」

「胸を小さくする……？」

「小さく見えるね、実際のサイズは変わってないよー」

胸が小さく見えるって何それ。え？　七海小さくないよね？　なのに小さく見えるの……？　何その人体の神秘みたいな話。健全な男子高校生にはない知識なんですけど。

混乱する僕を他所に、七海は説明を続ける。

「ほら、胸って揺れたら痛いし、揺らし過ぎは垂れちゃうっていうし……激しい運動する時はスポブラが良いんだよね」

「それって……苦しくないの？　呼吸とか、圧迫感とか」

実際にどうなっているのかは全く想像がつかないんだけど……少なくとも体形を変化させるというのはかなり苦しいんじゃないだろうか。もしも、苦しいのを我慢して今日のデートに臨んだのなら、すぐにでも別の場所に行って楽な格好にした方がいい気がしていた。

だけどそんな僕の心配は杞憂だったそうで、七海は苦しくもないし痛くもないんだとか。やっぱり人体の不思議だ……。と僕が感心してたら、また変な爆弾を七海は投下する。

「それにしても、いつもと大きさが違うのが分かるって、陽信ってば私の胸大好きだなぁ……こういうの、おっぱいソムリエっていうのかな」

「どこで覚えたのそんなこと⁉」

「あ、そっか。陽信は私オンリーだから……私ソムリエ？」

いきなり意味の分からない称号をいただいてしまった。僕が二の句を継げないでいると、七海は両手を広げながらその場でくるくると回転する。

胸が小さめといっても、それでも普通の人に比べて大きい気がする。だから最初は気が付かなかったんだけどさ。改めて見るとやっぱり違う。

「こうやって回っても動かないし、トランポリンでも平気だったから凄いよねぇ。陽信にとってはちょっと残念かもだけど」

「残念って……？」

「ほら、胸が揺れないから」

「待って、七海の中の僕はどんだけ揺れに執着してるの」

「陽信は私のおっぱい大好きだからなぁ……ホント、しょうがないなぁ……」

頬に手を当てながら七海は困ったように眉根を寄せて笑っていた。たぶん、いや……確実に揶揄ってるんだろうけど、人聞きが悪い……。いや、好きなのはその通りだから否定できないけど。

というかこれって外でする話じゃないよなぁ。周りに家族連れもいるんだから非常に教育に悪い会話をしていないだろうか。怒られないか？

周囲を心配して見渡すんだけど、家族連れは自分の子供のジャンプに夢中で僕等を気にい。

も留めてないし、子供は子供ではしゃぎながら跳んでいる。スタッフも特に周囲にはいな

うん、幸い今はまだこんな会話をしてるって気付かれてないから、ここらでいったん切り上げようかな？

僕は頬杖をついている七海の傍に行って、彼女の耳元で囁いた。

「……そういうのは、二人っきりの時だけにしようね」

これ以上暴走しちゃったら施設の迷惑にもなるしね……周囲が気付いていないこのタイミングで終わるのがベストだ。こういうのは二人だけの時にした方がいいだろうし。

僕の囁きが効いたのか、七海は目を見開きながら耳を押さえて、そのまま一歩後ろに下がって……まるで腰から砕けるように椅子に座った。

「えッ?!　七海大丈夫?!」

「だ、大丈夫!!　大丈夫だから!!　ちょっとビックリしただけだから!!」

僕が七海に駆け寄ろうとすると、七海は座ったままで両手を前に出して僕を制止する。

そんなにビックリするようなこと言ったかな僕？

七海は手をパタパタさせながら肩で息をしている。動いてても平気だったのに、顔を真っ赤にして汗が噴き出し、耳から手を離そうとしなかった。

呼吸が徐々にゆっくりになって、深呼吸にまでなってくる。落ち着かせるのに、冷たい飲み物を買ってきた方がいいかなと思ったタイミングで、七海はポツリと息と一緒に言葉を吐いた。

「……腰抜けて立てないや」

ええ……?!　だ、大丈夫なのか？　何で急にと思ったんだけど、七海は慌てる僕に半眼になって上目遣いで睨んでくる。耳はまだ押さえたままだ。

「陽信があんな変なこと言うから……。耳元でそんなこと言われたら腰も抜けるよ……」

「いや、だってほら、外で胸の話ばっかりしてるわけにもいかないでしょ」

「……えっちな意味で言ったんじゃなくて？」

違う違う。なんでそうなる……いや、思い返したらそうとも取れること言ったのか僕？　二人っきりの時にしようねって……いや、このタイミングでエッチなことだとは思わないでしょ。でも、周囲の人に知られたくないとはいえ耳元で囁くのはちょっとやりすぎたか……？

うんうんとひとしきり唸ってから、僕は座ったままの七海の隣に腰掛ける。

「……えっちな意味はないです」

「なんか間があったけど……？」

それは考え込んでいただけであって肯定の沈黙ではないので……。そう言いつつ、僕は七海が落ち着くまでしばらく二人で座っていた。

実際、けっこう遊んでいたんでもうすぐ終了時間になる。延長するかどうか迷ってたけど、座ってみると意外と足とかが限界近いんで、今日はここまでかな。

「あのさ、陽信……」

「ん……？　何、どしたの？　なんか飲み物買って来ようか？」

七海は小さく首を横に振ると、耳から手を離して……僕にちょっとだけくっついてきた。外だからか、軽く、控えめに、傍目にはハッキリとは分からないように。

そしてしばらく沈黙したのち……決意を込めた瞳で僕を真っ直ぐに見据えて宣言する。

「私さ、これからはグイグイ行こうかなって考えてたんだよね」

「急にどうしたのさ？」

あまりに唐突な発言に、僕は呆気に取られてしまう。というか、今までもグイグイ来てたのに……それ以上に来るってことなの？

それって僕の心臓持つかなぁ……いや、それよりもこの間、のんびり行こうって言ったばかりなのに何で急に……？

「だって、私が色々やってるのに陽信は一言だけで私の腰を抜かせるんだもん……ズルい！」

　むーっとむくれながら、七海は僕の手を取り自分の耳にもっていく。指先に彼女の耳が触れると、七海はピクリと身体を震わせた。

　ズルイと言われても、僕としては意識してなかったからなぁ。そんな理由……じゃなさそうだ。表情を見たら、至極真面目だというのが窺える。

「ま、それは冗談として……。こないだ、陽信はちょっとのんびりしようかって言ってたじゃない。今まではハイスピードだったからさ」

「そうだね、確かに言ったよ」

「だから、私はその間に……陽信にお返しをしたいなって思うようになったんだぁ」

「お返しって……」

　別に僕は何かを七海にあげたつもりはないんだけど……そう思っていたら、僕の心を読んだかのように七海は小さく首を横に振る。

「陽信は私に沢山のものをくれたの。だから、陽信がのんびりしている間は、私がグイグイ行ってたくさんたーっくさんあげて、お返ししたいなって」

　僕だって、七海からは沢山のものを貰っている。だから、そんなのは気にしなくていいのに……といっても、七海は止まらない気もする。そんなのはお互い様なのに。

でも、その気持ちはとても嬉しいと思う。でもどんな感じでグイグイ来る気なのか……。ん？　もしかして……？

「さっきの発言って、グイグイ来る一環だったりする？」

「うん。まぁ、一発で返されちゃったけどね……」

どうやら僕の想像は当たってたみたいだ。胸の話を自分からって……そういう方向でのグイグイはちょっと予想してなかったなぁ。誘惑するってことなんだろうか。それは……耐えられるか僕？

「あとね、私ってこう……自分から行っといて後から照れちゃうじゃない？　その辺も慣れてなくしたいなぁって思っててさぁ」

その一言を聞いた瞬間、僕は思わず七海の両肩をがっしりと掴んでいた。本当に反射的にだ。驚く七海を尻目に、僕はそのまま口を開く。

「七海……恥じらいは大事なんだよ。なくすなんてとんでもない」

「えぇ……そんなカッコいいキメ顔でそんなこと言われるとは思わなかったんだけど……」

いや、恥じらいは大事でしょう。もちろんどんな七海も可愛いけれども、やっぱり照れる姿というのは至高なわけで……それがなくなったら僕はたぶん非常に落ち込むと思う。

ふと見ると、七海は肩を掴まれたからか少しだけ怯えたような、引いたような表情をしていた。しまった、ついつい強く言い過ぎてしまった。

反省しつつ僕はそっと、彼女の肩から手を離す。

「……ごめん、つい」

「待って、そんなに？　そんなになの……？」

そっと離れた僕を見て七海は少しだけ困惑してたけど……この辺の感覚は男女で違うのかもしれない。どこかできちんと話をしないといけないかもしれないな。

ともあれ、七海の気持ちは分かった。僕に対して……気にしなくていいと言ってもあまり効果はないだろう。だったら僕のすることは、七海をきちんと受け入れることだ。

それと、あまりやりすぎないようにストッパーになることと、サポートすることかな？

「ありがたいけどさ、僕だって十分に七海からは色んなものを貰ってるんだよ。だからまあ……お返しはほどほどにね。変なことはしないでいいからね」

「うんッ、私頑張るよ。でもなぁ……生半可なことじゃ陽信に反撃されるし、どんなのがいいかなぁ……？」

胸の前で両手を握って、自身を鼓舞するように七海は楽しそうに何をしようかとか考えている。本当、気にしなくていいんだけどなぁ……。

これは僕も七海に色々とお返ししないとね。本人に気づかれないように、こっそりと……。僕にできる範囲でやっていこう。

いつの間にか七海の動きが止まっていた、彼女は胸の前で握っていた両手を見下ろす。

そして……僕の方にそのままちょっとだけ胸を突き出しながら、恥ずかしそうに呟いた。

「えっと……今度、お……おっぱい触ってみる？」

「しないからね⁉」

揉まないかと言わなかったことに若干の葛藤を感じたけど……うん、お返しについては一度よく話し合う必要があるねコレは。

幕間　姉妹の交流

今日のデートが終わっちゃって、お風呂にも入って……身体も心もぽかぽかしているのに、少しの寂しさを感じている。

そんな幸せの余韻に浸っている私の部屋に、とても珍しい人が来訪した。

まぁ、大げさに言ってみたものの、来たのは沙八なんだけどね。でもこうやって妹が部屋に遊びに来るのってずいぶん久しぶりだなぁ。

確か私が中学を卒業した時や……高校に入学する少し前に来て以来だから、一年以上前かぁ。私も沙八の部屋にはめっきり遊びに行かなくなったし。

理由は特になくて、ただなんとなくだけど。

別に仲が悪くなったとかじゃない。普通に一緒に買い物行ったり、遊んだりもするけど、なんだろうか……部屋にだけは行かなくなっていた。

パーソナルな空間という認識ができたからかな？

沙八はベッドの上に座って、足をブラブラさせている。部屋に沙八が居ることにちょっとだけ違和感を覚えるけど、なんだかその光景が嬉しくもあった。

きょろきょろと沙八は部屋を見回しながら、唇に手を当てて感慨深げに呟く。

「お姉ちゃんの部屋、昔とあんまり変わらないねぇ。お義兄ちゃんの写真が増えたくらいだ」

「そう？　私としては結構変えたんだけど……」

「あとベッドからお義兄ちゃんの匂いするかなとか思ったけど、しないねぇ」

「アンタなにやってんのッ?!」

唐突にベッドに倒れこんで匂いを嗅ぎだした沙八に驚き、私は半ば無理矢理に抱き起こす。沙八は特に抵抗することなく、そのまま私に体重を預けてきた。

沙八が私にくっついてくるのって小学校の時以来だから、懐かしくなる。昔は事あるごとに甘えてきてたっけ。こんな感じで……。

「あぁー……久々のお姉ちゃんのおっぱい枕最高だわぁ……。これがもうお義兄ちゃんのものなのかぁ……羨ましいねぇ。お風呂上がりで良い匂いでホカホカしてる……」

こんな感じで台無しな一言を言いながら。

うん、なんも変わってないこの子。昔から私の胸を枕にしてたっけ。昔は今よりもっと小さかったけど。

「あんたねぇ……いつまでも人の胸を枕にしないでよ」

「はつ姉は胸は柔らかいんだけど、割と筋肉あるからちょっと低反発なんだよねぇ。逆にあゆ姉は柔らかさナンバーワンなんだよねぇ」

「……いつの間に二人のも堪能してたの？」

初美と歩の枕レポートを聞きながら私は呆れてしまう。というかその呼び方、久しぶりに聞いたなぁ。昔はよく四人で遊んでたっけ。今日はなんか懐かしい気持ちになる日だ。

しばらく私は沙八となんてことない話を続けるんだけど……そもそも沙八は何しに来たんだろ？　ただ遊びに来ただけかな？

「お姉ちゃんさぁ、今日はどんなデートしてきたの？」

「今日？　今日は先輩の試合を見て……その後にトランポリンやって……」

「トランポリンッ?!　この凶器が揺れまくったの?!　ちゃんとケアした?!」

「揺れてない揺れてない。スポブラで固定してたから。ええい、弾ませるな」

沙八は私の胸をタポタポと手で弾ませる。なんで私の胸にそんなご執心なの……？　まぁ、前にチラッと理由は聞いてたんだけど。

自分の胸がそんなに大きくないから、羨ましいんだって。いや、沙八も年の割にはある方だと思うんだけどな。たぶん、中学の時の私と同じくらいあると思う。

私の胸が大きくなったのって中学卒業してからだし……。そういう意味では、沙八は私より大きくなる可能性を秘めている。

なので、私は私の胸で遊ぶ沙八の胸に手を伸ばす。

「うひゃッ?!」

沙八の胸を触ったら、沙八は飛び跳ねて驚いた。いや、人の胸を触るくせに触られるのは弱いのか……。ちょっと楽しいかも。

「このッ、お姉ちゃんめ、こうしてやるッ……!!」

「コラッ!!　何すんのよッ!!」

反撃と言わんばかりに沙八は私の腰とかにも手を伸ばす。そっちをガードしたら胸に手を再度伸ばしてくる。私も負けじと沙八に反撃する。そんな沙八との久々のじゃれ合いに、私はちょっと楽しくなってしまう。

そんな攻防を繰り返して、私と沙八は汗だくになってしまった。

沙八は普段運動してるからか、息は切らしていない。私は息を切らして、身体に浮いた玉の汗が肌を滑り落ちていくのが分かった。

せっかくお風呂入ったのに、もっかい入らないとダメかな……。ぐっしょりじゃん……昼間も運動したからか疲労感が凄いよ……。

「ハァ……ハァ……。ふぅ……。もー、あっつい……汗がぁ……」

「息を切らしてるお姉ちゃん、ちょっとエッチだねぇ」

この子は……。私は沙八をコツンと小突いた。そしたら小突いたところを押さえながら、舌をペロッと出してエヘヘと笑っていた。

とりあえずタオルで汗を拭きながら、沙八から離れる。くっついてるとさすがに暑すぎる。

「そういえば、例の先輩さんの試合見たんだ。どうだった？　カッコよかった？」

「んー。凄いとは思ったけど、カッコいいってのはあんまり思わなかったかなぁ。試合は凄く面白かったよ。バスケも面白いね」

「試合の写真とかないのー？　先輩の活躍見てみたい」

ないねぇ。いや、試合観戦に夢中になってたし。それにほら、陽信が出場してたなら写真撮ってたけど、隣にいたしねぇ。

試合を応援する陽信の写真を撮る……いや、さすがに変だな。

「むー、いっかい先輩と会ってみたいねぇ。お姉ちゃんとお義兄ちゃんの話聞いてたらホントに彼氏欲しくなってくるんだよねぇ……」

「沙八、あれ本気だったの？　先輩に妹が会いたがってるって言うのはちょっと……抵抗あるなぁ……」

沙八は寝っ転がりながら、ウダウダと先輩に会わせろと主張してくる。いやぁ、先輩を紹介……紹介かぁ……と考えた時に、私はふと思い出した。

そうだよ、マネージャーさん……。たぶん、先輩を好きだと予想しているマネージャーさんがいたよ。

「沙八……言いにくいんだけどさ……」

「ん？　何？　なんかあった？」

「先輩には紹介できない」

「急に断言された⁈」

私の言葉に沙八はガバリと起き上がった。固まる沙八に、私は今日あったことを説明した。たぶん、標津先輩を好きなマネージャーさんのことを……。

ひとしきり説明を聞いた後、沙八は胡坐をかいて両手を胸の下で組んでいた。そして、何かを考え込んだと思ったら……重い雰囲気で口を開く。

「うん、やっぱり一回会わせて」

「話聞いてた⁈」

真剣な表情で呟いたその言葉に思わずツッコム。だけど、沙八は真剣な表情を崩していない。まさか……先輩を先に奪っちゃう気じゃ……?!

「違うからね?」

あ、声に出てたかな。沙八は少しだけジト目で私を睨むと、すぐに表情を崩して人差し指をピッと立てる。

「そんな面白そうな状況なら、是非とも先輩に会って二人を進展させたいなぁと思って」

「それって余計なお世話じゃない……?」

私の言葉に、沙八は分かってないなぁと首を振りながら腹立つ表情で空気を鼻からぷしゅーッと吹き出す。ホント腹立つ反応だな。

「あのね、そういうのは周囲のお膳立ても大事なの。私という危機感を募らせる存在がいれば、きっとマネージャーさんも焦って行動に移すはず。危機感は大事。高速でラブラブになったお姉ちゃんには分かんないかもだけど」

えー? そういうものなの……?

いや、そもそもなんでそんなことを沙八が知ってるのさ。なんか私より恋愛経験豊富っぽいんだけど……。

「って、少女漫画で読んだ」

あ、さようですか……。まぁ、そうだよね……。うん、納得。

「ま、私は先約がいる男子は基本パスかな。修羅場になっても嫌だし。でもそっかー、先輩は先約がいるかぁ……ざんねーん……。始まりすらしなかったよー」

うつ伏せになって、足をパタパタと上げ下げしながら沙八はちょっとだけ口を尖らせた。

私はそんな沙八に近づくと、ゆっくりと頭を撫でる。

「焦んなくても、そのうち沙八にもいい人が見つかるよ」

「むー……まさかお姉ちゃんにそれを言われる日が来るとは……」

うん、私もこんなセリフを言う日が来るとは思ってなかった。それから、私はしばらく沙八を慰める。沙八は私に撫でられながら目を細めていた。

だけど、目をカッと見開くと両手を上げながらガバッと立ち上がる。

「あーもう、やめやめ。ガラじゃないし！　今度、はつ姉達と一緒にパーッと遊ぼう！」

「分かった分かった。久しぶりに四人で遊ぼうか……」

「んで？　最近お義兄ちゃんとはどうなのさぁ？　キス以上のこととかしてないの？」

「してないよ!!　あッ……でも今日その……胸触るとかちょっと誘うようなことは言っちゃったからそれがキス以上といえば……」

少しだけ思い出して照れ臭くなる。我ながら大胆なことを言っちゃったなぁと思ってたら……沙八はなんだか呆れたように大きくため息を吐いた。

そして、私に近づいたかと思うや否や……ガバリと私の胸を下から持ち上げる。

「触るとか甘っちょろいこと言ってないで揉ませなさいよ!!　こんだけ強力な武器持っといて使わないいって何考えてるの?!　進展具合聞きに来たのにあんま進んでないじゃない!!」

「ちょっと?!　まッ……沙八アンタちょっとやめッ……!!」

怒りながら沙八は私の胸を揉んでくる。遊びに来たのはそれが目的だったの?!

胸を揉む……といってもそれはマッサージみたいな感じで、胸の凝りが解れていくのを感じる。ホント、大きいと胸も凝るんだよ……あー、ちょっと楽になってきた。

理不尽に激昂した沙八を少しの間好きにさせていると、そのタイミングで……私のスマホが鳴る。

画面を見ると初美達からグループ通話のお誘いだ。こんな時間に珍しいな。沙八もいるし、ちょうどいいから出ちゃおうかな。とりあえず胸からは手を離させるけど。

「もしもし？　どしたのこんな時間に。珍しいね」

『いやぁ、ちょっと相談があって……今って大丈夫か？』

「沙八いるけど、大丈夫だよ」

『さっちゃんいるの～？　珍しー。さっちゃーん、久しぶりー。歩だよー』

向こうから気の抜けたような歩の声が聞こえてくる。その呼び方を聞くのもホント久しぶりだなぁ。沙八は口を尖らせながらその声に反応する。

「はつ姉にあゆ姉、久しぶりー。つーか、お姉ちゃんの罰ゲームの件、なんで私にも教えてくんなかったのさぁ。水臭いなぁ」

『その呼ばれ方、久しぶりだなぁ。いや、睦子さん巻き込んで、さすがに沙八まで巻き込むわけにはいかんだろ……』

『さっちゃん、ごめんねぇ。今度、アイス奢るから許してねぇ〜』

罰ゲームの件で沙八は二人に文句を言うけど、口調からしてそこまで本気で怒っているわけじゃなくて、たぶん一言文句が言いたかっただけなんだろうな。

その証拠に、二人の回答に沙八はどこか仕方ないなぁという顔で笑ってる。

「で、相談って?」

『いやそのさぁ、ウチらってこないだ簾舞に怒られることすらなかったじゃない……？』

『それどころかお礼言われちゃったからさぁ……そのぉ……』

なんとも歯切れが悪い二人に、私も沙八も揃って首を傾げる。自分から連絡してきて歯切れが悪いのは珍しいなぁ。相談があるっていうからには話す内容も決まってるだろうし。

それからも二人はなかなか本題に入ろうとしなかった。なんだかわざと遠回りしているようだけど、私も沙八も二人が話し始めるまで待つ。

そして、その時はやってきた。

『……その……実はさ、ウチら彼氏に話したんだよね……罰ゲームの件……悪いことをしちゃったからその……懺悔したくて……』

「はぁッ?! 何してるの二人とも?!」

思わず叫んでしまう。いや、ホントに何してんのさ。

「それ、めっちゃ怒られたんじゃないの?」

『怒られたぁ……久々にめっちゃ怒られたぁ……。でもそれはいいの、反省するためにやったから……怖かったけど……』

歩は声が震えていて、初美は無言だけど何かを落とした音が聞こえてくる。もしかしたら思い出して動揺したのかもしれない。そんなに怒られたんだ……。

そんなに気にする必要はないのにと、私は思わず苦笑する。たぶん、陽信に怒られなかったからちゃんと怒ってくれる人を求めたんだろうな。

音兄達もそれが分かったから、しっかり叱ったんだろう。

「もしかして相談って、どうやったら彼氏と仲直りできるかって話?」

『いや、そうじゃないんだよ。実はその……』

『彼氏がその……簾舞に会わせてくれって言ってまして……』

「へっ……？」

その相談に私は思わず間抜けな声を出してしまうのだった。

　前々から言っている通り、七海と出会う前の僕は、基本的には一人だった。

　それは僕が忘れていた過去に起因しているけど、あくまでも僕が選択した結果だった。七海と出会って、僕の周りにも人が増えて、その頃が遥か昔のように感じてる。今はもうきっと、一人には戻れない気がする。

　それでも、あの頃の僕は一人を特に苦痛とは感じていなかったのも事実だ。

　周囲からハブられてたとかもなかったからね。いやまぁ、もしかしたらあったかもしれないけれども、それが僕の耳に届くことはなかったから同じだ。

　だから一人の思い出は嫌なものとしては残っていない。だけどそれは、記憶として薄いからとも言える。嫌な思い出はないけど、特別に良い思い出もない。

　それまでの僕の人生はそういうものだったんだろう。

　そんな僕なので、自身が生きてきた過去よりも七海と出会ってからのこの一ヶ月近くの方が非常に濃く、色々な体験をしてきたと断言できる。

全て(すべ)が新鮮(しんせん)で、体験したことのない出来事ばかりだ。

年齢(ねんれい)を重ねると体感速度が速くなるのは、既(すで)に体験した出来事が多いからだって聞いたことがあるんだけど……初めての経験ばかりなのにあっという間だった気がする。

これはたぶん、楽しかったからなんだろうな。

楽しい時間はあっという間って言うし。だから年を重ねると体感速度が速くなるのは、もしかしたら楽しい時間が多いからなのかもしれない。学生の身分で何を言うかって感じだけど。

それはまぁ、今後に期待だ。

話を戻すと……僕は今日、新たな初めての経験をする。

それは、彼女の友達の彼氏と会うこと。

しかも、僕が出会うよりも前から七海のことを知っている人達だ。話を聞く限り小学校の頃から知っているようだ。それも関係性を考えると当然なのかもしれない。

「ここだよ、ここー」

少し楽しそうな七海の声を聞いて、僕はその場所を見上げる。

案内された場所は駅から近い場所にある大きいビルで、どうやらここはスポーツジムになっているらしい。こんなところにジムがあるって知らなかったな。

七海はそのまま正面ではなく裏口の方へと移動すると、インターホンを鳴らす。そこから声が聞こえて来たかと思うとガチャリという音が鳴った。どうやら、裏口の鍵が開いたようだ。

正面からではなく裏口から建物に入るのは、どうしてこうも緊張感と高揚感が入り混じったような不思議な感覚がするんだろうか？　前にちょっとした用事で親の職場に行ったときにも、こんな不思議な感じだった気がする。

先行する七海は何回か来たことがあるのか、迷うことなく突き進んでいく。僕はその後をついていく形だ。普段は並んで歩いているだけに、ちょっと新鮮。

今日の七海は、確かチューブトップっていうんだっけ……黒いチューブトップに、白い上着を羽織っている。下はデニム生地のピッタリとしたパンツ姿で、非常にありきたりな感想を言うと……とてもカッコいい。スキニーコーデっていうのかな？

ちなみに上着を脱ぐと、背中が大胆に……いや、背中どころじゃないな。胸元を大胆に露出している。今は上着を着ているから気にならないけど、さっきチラッと見せられた時は本当にビックリした……。

上半身を筒状の布で胸を隠してるだけなんだもん。だからチューブトップって呼ぶのかってその時に理解したけど……。大胆過ぎる服装だよ。

「ここ来るのも久しぶりだなぁ。昔、初美達のダイエットに付き合って以来かも」

「そうなの？　あの二人、ダイエットなんて必要なさそうだけど……」

「初美がラウンドガールのバイトするから、お腹絞りたかったらしくってさぁ」

「らうんどがーる……」

あれだよね、試合の合間にリングをグルッと回るやつだよね。そんなバイトあるんだ……お兄さんが格闘技やってるから、そのツテなんだろうか？

「ラウンドガールの初美、すっごくセクシーだったよー。高校生だって言ったらみんな驚いてたっけ。確か、雑誌にも載ったんじゃなかったかな？」

おぉ、聞けば聞くほど別世界の話っぽいなぁ。雑誌に載るって、モデルみたいだ。七海はまるで自分のことのように誇らしげに話している。

もうそのバイトはやってないのかな？　衣装はどんなのかちょっと見てみたかったかもと思ってたら、クルリと振り向いた七海がちょっとだけ意地悪そうな笑みを浮かべる。

「今度、借りて着てあげよっか？」

揶揄うような笑みを浮かべる七海に、心の中を読まれたような気持ちになって僕はドキリとさせられる。それに借りて着るって……そのセクシーな衣装を？

それは部屋でだろうか、それとも……。

言葉を失ってしまった僕に、七海は困ったような笑みを浮かべて頬を桃色に染めながら少しだけ声を張り上げる。

「ちょっと、反応してよ！　私だけ盛り上がってバカみたいじゃん」

「いや、どう返していいものか分かんなくってさ……。というか、どんな衣装かも知らないし着てみてとは言えないよ」

「あ、それもそっか。それじゃ……後で写真見せるね」

……ちょっと楽しみにしてしまってる自分がいる。いや、衣装がどんなものなのか気になってるのは事実なのであくまでもその衣装が判明するのが楽しみだってことだ。うん。

誰に言い訳してるんだ僕は。

それからほどなくして、僕はとある場所の前に立つ。会議室と書かれたそこは、分厚い扉でまるで要塞のように閉じられている。

会議室……学校では普段見ないなぁ。漫画とかでなら見たことあるけど、本当に会議室ってあるんだ。なんか、ゲームのラスボス部屋みたいだ。

七海が扉を三回ノックすると、中からどうぞという声が聞こえてきた。それは少し低くて、初めて聞く声だ。

ここに……いるんだ……音更さん達の彼氏さん。

僕は一人密かに妙な緊張感を持ちながら、ゆっくりと開かれる扉を見ていた。ギギッという音と共に、中の光が僕の目に飛び込んでくる。いや、あまり光量に差はないから別に眩しくはないんだけど、なんだか部屋の中が眩しく感じられた。

「音兄、来たよー。みんないるのー?」

「お……お邪魔します……」

いや、この場合は失礼しますと言った方が良かっただろうか? 僕は七海の後に続いて、頭を下げながら入っていく。七海はそんな僕の行動が面白いのか、クスッと笑って僕の手を取る。

顔を上げて部屋の中を見ると、想像よりも広いことに驚く。会議室ってこんな感じなんだ……学校の視聴覚室とはまた違うんだな。

その中に、四人の男女が座っていた。女性は音更さんと神恵内さんの、いつもの二人。そしてその近くに……初めて見る男性が二人。いや、正確には一人の顔を僕は知っているけど。

男性二人は僕等を見るなり立ち上がり、僕の方へと頭を下げてきた。それに合わせて音更さん達も立ち上がり頭を下げてくる。

突然の行動に僕が慌てていると、少し筋肉質の男性が口を開いた。

「わざわざ来てもらって申し訳ない、本来なら自分達が出向くのがスジなんだが……」

その直後、メガネをかけた優しそうな男性が言葉を続ける。

「話の内容が特殊なので、人目に付かない場所が良いかと思いまして……ご足労いただいた次第です。この度は僕等の彼女が大変に失礼いたしました」

「本当に、申し訳なかった」

揃って、僕に対して謝罪の言葉を口にする。

前にもあったけど、大人に頭を下げられるのは本当に恐縮してしまう。僕はどうすればいいのか分からず、その場で意味もなく周囲を見回してしまう。

頭を下げられたから……えっと、頭を上げて下さいって言うんだっけ？　それとも大丈夫ですとか？　どうすれば……。

内心でパニックになっていると、僕の手が少しだけ握られる。柔らかく、だけど確かなそれを感じた僕は七海を見る。七海はにっこりと笑うと、言葉は出さずに唇を動かす。

その動きが、大丈夫だよって言ってるように見えた。

その一瞬で、僕の頭はスゥッと冷えた。落ち着いたことを示すかのように握っていた手に少しだけ力を込めると、七海が視線を動かしてから深く、柔らかく微笑む。

「顔を上げてください。あのことに関しては、既に彼女さん達から謝罪を受けてますから……僕はもう気にしていませんよ」

僕の言葉を聞いて、二人はゆっくりと頭を上げる。僕はそこで初めて、二人の姿を真正面から見ることになる。

一人は、短めの髪をキレイな金色に染めた筋肉質な男性だ。筋肉質といっても、身体の太さは厳一郎さんの方が上なので、細マッチョというやつかな。ゆったりとした服を着ているけど、隙間から見える筋肉が鍛え残しはないと言っているように見えた。

背は高くて、鋭い目をしているけど非常に端整な顔立ちをしている。この人が音更さんのお兄さんで……彼氏の音更総一郎さんなんだな。彼のことは顔だけ知っていた。

実は昨日、ネットで調べて顔写真等を確認したんだよね。どんな人なんだろうって思って。

残念ながら僕は格闘技に詳しくないんだけど、調べてみたらその筋ではかなりの有名選手らしい。まぁ、イケメンで強いって確かに人気出るよね……。

ただ、異名がとんでもなかった。それは公式じゃなくて、ファンの間での呼称なんだけど……果たしてファンはその呼び方でいいのかって名前だった。

シスコン・チャンピオン

それがファンの間で呼ばれている彼の呼称だ。正直、なんでそれを選んだと……。

というのも、取材とかインタビューで事あるごとに義妹のエピソードを話しているからなんだとか。彼の義妹への溺愛っぷりがよく分かる話なんだけど……。事情を知っている人間からすれば、意味合いが変わってくる。

まぁ、当人同士がいいなら外野がとやかく言うことじゃないんだけどね。

もう一人は、短い髪がクルクルとウェーブしている茶髪の男性だ。細い銀縁のメガネをかけていて、音更さんの彼氏とは真逆で優しそうな丸い大きな目をしている。瞳の色に少し青が入っているようで、もしかしてハーフなんだろうか？　こちらも顔立ちが非常に整っている。

この人が神恵内さんの彼氏さんなんだろう。神恵内さんはお兄ちゃんとか言ってたっけ。確か幼馴染だって話だけど……。確かにこんな人が傍にいたなら同年代の男子は相手にならないだろうな。

顔を上げた彼は柔和な笑みを浮かべている。雰囲気がどこか知的なのは服装も関係しているだろうか。真っ白なシャツに瞳の色と同じ薄い青色のネクタイをしめていた。

そして、こちらも音更さんの彼氏に負けず劣らず背が高くて、どちらも標津先輩と同じくらいだ。改めて思うけどイケメンで背が高いって反則だなぁ。

二人の背が高いってことは……僕は二人の男性から見下ろされる形になってたりする。

僕は背が高い方じゃないから仕方ないんだけど……。ちょっと圧を感じる。

「そう言ってくれると、気持ちが非常に軽くなるよ。俺は音更総一郎という者だ。知ってるかもしれないけど……ハツ……初美の兄だ。総一郎って呼んでくれ、よろしく」

お兄さん……総一郎さんは兄を強調しながら右手を出してきたので、僕はその手を取り握手する。別に力を入れられているわけじゃないのに、その握手はとても力強く雄々しい感じがした。

いや、それにしても……手でっか……。僕も男なのに手がすっぽり包まれるくらい大きい……。僕もよろしくお願いしますと口にして、手を握り返す。

「いやぁ、本当に歩がご迷惑をおかけしました……。あ、僕は居辺修矢といいます。歳は離れてますが歩の幼馴染で彼氏です、お見知りおきを」

神恵内さんの幼馴染……居辺さんも僕に右手を出してきた。その手を取ると、こちらは総一郎さんとは対照的に非常に柔らかく、優しい握手だ。

握手をし終えてから、僕も改めて襟を正して自己紹介する。

「はじめまして、簾舞陽信と言います。こちらこそよろしくお願いします。えっと……茨戸七海さんとお付き合いをさせていただいています」

この自己紹介をするのって、七海の家族にした時以来じゃないだろうか。改めて口にするとちょっと……いや、かなり照れ臭いかもしれない。

七海もそれは同じだったのか、それとも昔馴染に対して僕が付き合ってると告げたからなのか、顔を伏せていた。うん、たぶん照れてるね。

僕の自己紹介を耳にした二人は、改めて僕をマジマジと見る。僕を上から下までざっと見て、何か納得したようにふむふむと頷いている。

えっと……なんかしただろうか？

ちょっとだけ狼狽えていると、いつの間にか彼等の後ろに来た音更さんと神恵内さんが二人の頭をパシッとはたく。

「兄貴、見過ぎ。簾舞に失礼だろ」

「お兄ちゃんも～、どうせなら私を見てよ～」

二人からの指摘を受けて、彼等は慌てたように僕に謝罪をしてくる。

「いや、ごめんごめん。とうとうできたナナの彼氏ってどんな男子なのかなって、興味津々だったからつい……不快だったらごめんな」

「申し訳ありませんでしたね、七海さんが男性と付き合ってるってだけでも驚きなのに、罰ゲームから始まったとか特殊過ぎて……不躾でした」

やっぱり二人とも昔から七海のことを見てきたからなのか、その辺りは凄く心配だったんだろうな。ポッと出の僕に対して、心配になるのも当然だと思う。

「いえ、お二人が七海を心配されるのも当然だと思いますので……」

「そう言ってくれると助かる。なんせナナに彼氏ができたってのもこないだハツから聞いたばっかりだったからよ……」

「ソ……兄貴……いいかげんそのホルモンみたいな呼び方やめろよ……」

「いーじゃねーかよ。可愛いだろ、ハツって」

音更さん、普段はハツって呼ばれてるのか。

口を尖らせて文句を言っているけど、頬を赤らめてどこか嬉しそうではある。あとなんか最初に言いかけたから、音更さんも普段は兄貴と呼んでないのかもしれない。僕の前だから、隠しているのかな……。

いや、今はそこは置いておこう。それよりもさっきの総一郎さんの発言だ。てっきり僕は知ってるものだと思ってたけど、二人とも七海に彼氏ができたって……知らなかったんだ……。

気になって七海を見ると、ビックリしたのか目を点にしていた。大きな目を見開いて、冷や汗を一滴かいて、二人に対して口元を隠しながらおずおずと言葉を発する。

「あれ？　私、音兄達に言ってなかったっけ……？」

「聞いてなかったな」

「お聞きしてませんね」

二人とも声を揃えて聞いてなかったと答えた。いやまぁ、確かに一ヶ月間はバタバタしてたし、それが終わってからも色々とあったからねぇ。報告してなかったとしても仕方ないだろう。

だけど、その事実に頭を抱えたのは七海だった。たとえじゃなくて、その場にしゃがみ込んで頭を本当に抱えた。

「マジかー……うわー……いや、そうだよね、言ってなかったよね……」

そして、七海はすっくと立ちあがると……おもむろに僕の傍まで近寄ってきた。そして僕の横に立つと、深呼吸を行う。一回……二回……三回……。そこでピタッと呼吸を止める。

僕がその様子を黙って見ていると、七海は僕にその腕を絡めてピタッとくっついてきた。勢いが良くて身体がぐらつきそうだったけど、僕はそれを何とか堪える。堪えたからか、余計に七海の身体の柔らかさが全身に伝わってきた。

いや、今日露出高いから直ってのも原因だなこれ。ピッタリとくっついた七海に、僕も総一郎さん達も何も言えずにいた。七海は僕にくっついてからも深呼吸を再び行う。

一回……二回……今度は二回。そして、頬を染めたままで二人を力強く真っ直ぐに見据えて言葉を紡ぐ。その有無を言わさぬ迫力は、まるで何かの宣言のようでもあった。

「音兄、修兄……この人が私の彼氏。初めての、私の大切な……男性です」

そして、はにかむような満面の笑みを見せる。二人は一瞬だけ怯んだような反応を見せたけど、すぐにその顔にどこかホッとしたような笑みを浮かべる。

その慈愛に満ちた微笑みはまるで七海の兄のようで……この二人も七海にとって、とても大切な人なんだなと実感させられた。

「ま、ゲンさんが認めた時点で俺等に出る幕はないんだけどな」

「ですねぇ。彼女の父親に認められてる時点で僕等は異論を挟めません」

それでも……安心しましたと二人は口をそろえて言った。

総一郎さんはどこかバツが悪そうに頭をかいて、居辺さんは少し大仰に肩を竦める。それから二人は、再び僕に対して頭を下げてきた。

「ナナのこと、よろしく頼む」

「僕等の妹分をお任せします」

その言葉に七海は僕から離れてちょっとやめてよと抗議しながらも、どこか嬉しそうだった。それなら僕も、七海にも二人にも負けてはいられないなと胸を張る。

背丈では負けてるけれども、気持ちでは負けないと……僕にできる精一杯の力を込めて言葉を発することにした。そうじゃないと、七海を僕に任せてくれたこの二人に申し訳が立たない。

七海をずっと見守ってきたこの人達からも、僕は正式に彼女を託されたんだ。だから、胸を張れ。今できる精一杯を出せ。僕は自分に言い聞かせる。

「ご両親にも言いましたけど、絶対に僕は大好きな七海を幸せにします。お二人とも、これまで七海を守ってくれてありがとうございました。これからも、ご指導お願いいたします」

僕は彼女の肩を抱きながら二人にお礼を言う。七海はどこか驚いたように僕を見ていた。言葉には虚勢も少し含まれてるかもしれない、だけど全て本心だ。僕はこれから七海を悲しませないし、幸せになってもらいたい。それに僕は全身全霊をかける。

それが僕の全てだ。いまは、それだけでいい。

それにはもっともっと、僕は心も身体も強くならないといけないなと、そんな決意も含まれてる。なんせ格闘家から託されたんだから、本当に頑張らないと。責任重大だ。

僕の言葉を受けて顔を上げた二人は、どこか驚いた様子で僕を見てきた。あれ？　なんか変なこと言ったかなと思ったら、二人ともちょっと苦笑を浮かべる。

「いや……簾舞君、ホントに高校生？　まさかそんな答えが返ってくるとは……」

「さすが厳さんに認められただけありますねぇ……。今どきの高校生って大人なんですねぇ……」

なんか、変に感心されている気がする。いや、でもこんな風に言われたらこう答えるしかないじゃない。七海はというと、嬉しそうに僕にくっついてきているし。

だから、間違ってはいないと思う。

僕と七海が顔を見合わせて笑っている姿を見て、二人は呟く。

「ナナの彼氏が……君でよかったよ」

「ですね」

その言葉が、僕には何より嬉しかった。

それから、僕等は少し話をしてから会議室を後にした。
彼氏さん二人の僕への謝罪、そして音更さん達の改めての謝罪。僕等はそれを全て受け入れた。元々許しているから今更ではあるけど、それでもケジメは大切だ。

彼等の、自分の彼女がしたことに対して申し訳ないって思う気持ちも分からないではない。僕も七海が何かをしてしまった場合……一緒に謝罪するだろうな。

きっと、良いことも悪いことも一緒に乗り越えるから彼氏と彼女の絆というのは深まるのだろう。前に何かの本で、良いことしか共有しないのであれば正しい関係は築けないと読んだ覚えがある。

漫画だったか、小説だったか……。ハッキリと覚えてないし、特に感銘を受けたってわけじゃないんだけど……思い出してみたら頷けるなと思った。

そういう意味では、音更さん達は良い関係をきっと築けているんだろうな。僕も七海と、そんな関係を築いていきたい。

さて、僕としては今日の第一目的である謝罪は受けたし……このまま解散するのかなと思っていたんだけど、総一郎さん達にお昼に誘われた。奢ると言うから遠慮したんだけど、結局はその好意に甘えることにした。お詫びと親睦を兼ねてと言われては断りにくい。

僕と七海、音更さんと総一郎さん、神恵内さんと居辺さん。三組で移動するってのはなんだか変な感じがしたけど、七海はどこか嬉しそうだった。

いや、七海だけじゃなくて、音更さん達も嬉しそうに見えた。

「トリプルデートみたい」

そんなことを言ってキャッキャと女性陣ははしゃいでいる。トリプルデート……何なのその難易度の高そうな行事は？　どう動けばいいのそれって？

僕が混乱してたら、いつの間にか女性陣は女性陣で、男性陣は男性陣で話をしていた。今は女性三人ではしゃいでいるから、男三人でそれを見守ってる感じだ。

そこで二人はさっきまでの謝罪の続き……というわけじゃないんだけど、今日なんで僕に会いたいって言ったか説明してくれた。

結局、音更さん達は自分の彼氏に全てを告白したんだけど、実はそこで二人も七海に彼氏ができたことを言ってないって、初めて気が付いたらしい。

普通なら別に問題にはならない話だろう。だけど、小学校から一緒の七海の兄貴分二人に知らせてなかったんだ。二人にとっても可愛がってた妹分に彼氏ができたなんて寝耳に水……。

だから説教の最中に、とにかく僕に会わせてほしいってことになったんだとか。どんな男性が七海と一緒になったのか……自分の目で見てみたいと。

そりゃ、冷静でいられるわけがないよね。話を聞けば聞くほど、会わせないという選択肢はないなと思える話だ。

もちろん、僕が会いたくないなら諦めるつもりだったようなんだけど、僕としても音更さん達の彼氏には会ってみたかったから良い機会ではあった。

なんせ彼等は七海をずっと見てきた人達なんだ。

僕の知らない七海だって……いっぱい知っているだろうし。

あと、男女交際の先輩として話を聞いてみたいというのもあったりする。ほら、僕の周囲には残念ながら男女交際をしている人はほぼいないから。

……こないだ話しかけてくれて、よく話すようになったクラスメイトは残念ながら彼女と別れてしまったらしいし。交際から別れまでかなり短い気がするけど、高校生ならそれが普通なのか？

彼の話はまた別の機会にするとして……話を戻そうか。男女交際の話だ。

その手の話はバロンさんからしか聞いたことがないから、最近は他の人の意見もぜひ聞いてみたかったんだよね。女性陣三人を小学生の頃から知っていて、今もずっと付き合っているんだから何かしら男女交際のコツを知っていたら是非参考に……と思ってたんだけど……。

『いや、どうやって相手のご両親に認められたんですか？　僕、歩のご両親からはいまいち認められていない気がしてて……是非ともコツを……』

逆に、僕が居辺さんにアドバイスを求められてしまった。

いや僕に聞かれてもなぁと思いつつも……相談を無碍にはできないと僕は今までの七海とのお付き合いの経緯を説明した。詳細は僕と七海の想い出なんで隠すけど、それでも大まかには全部話したと思う。

二人とも、非常に真剣に話を聞いてくれた。途中からなんか総一郎さんがポカンと口を開けたり、時には驚愕したり、いきなり怖がったりと、非常に表情豊かではあったけど……概ね真剣に聞いてくれたと思う。

高校生の僕の恋愛体験を、バカにするわけでもなくとても真剣に。とても嬉しかった。

そしたら、居辺さんが歩きながら悩みだしてしまったわけだ。

「あー……僕に足りないのはその決断力だったのかなぁ……。いやでも、歩相手に下手に決断してたらとんでもないことになってた気も……」

何があったんだろうかってくらい、可愛そうになるくらい頭を抱えてうんうんうなっている。神恵内さん相手に決断したらって……どんな話？

首を傾げる僕に、総一郎さんが引きつりながらも説明をしてくれた……。僕はそのあまりの内容になんて言ったらいいか分からなくなって顔を引きつらせることになる……。

「実はなぁ……アユのやつ、十六になった瞬間にシュウにその……やべぇものを持ってきたんだよ」

ここまでの会話で、総一郎さんは親しい相手を名前二文字で呼ぶらしいことが分かってきた。僕に対してはまだ距離を測りかねてるのか苗字呼びだ。

音更さんと神恵内さんが食材みたいな呼び方で嫌だって抗議してたけど……。総一郎さんはどこ吹く風だ。爽やかに笑って可愛いじゃねぇかよと二人の抗議を意に介さなかった。

そんな総一郎さんがヤバいと表現するものって……なんだろうか？

「何を持ってきたんですか？」

「婚姻届け」

聞いた瞬間、思わず僕は吹き出してしまった。ほんとにあるんだ吹き出すことって。え？婚姻届けって……あの婚姻届け？　あの男女の関係が恋人から夫婦になるっていう婚姻届けのこと？

僕の様子を見て、総一郎さんは当時を思い出してか冷や汗をかきながら腕を組む。そして、ゴクリと唾を飲んで詳細を口にする。

「あれはアユが十六になった時の話だ……。誕生日プレゼントは何がいいって聞いたシュウにあいつはノータイムで……カバンから婚姻届けを出してきやがった……」

「怖いんですけど、その行動力」

「俺もそう思う。まぁ、その後も色々あって……最終的にアユが高校を卒業したら婚約するという約束をこぎつけた……おそらく本当の目的はそれだったんだろうな」

何その交渉術。怖いんだけど。でも、その場面が想像できてしまうのがさらに怖い所だ。音更さんはどこか理性的だけど、神恵内さんは本能一直線って感じだし。

それにしても婚姻届けかぁ……。

「さすがに高校生で結婚は……難しいだろうなぁ」

「ぶっちゃけ、シュウの稼ぎならすぐに結婚しても問題ないんだろうけどな……」

実はこの時、申し訳ないけど僕が考えていたのは居辺さんと神恵内さんの話ではなくて、自分のことだった。正確に言うと、連想してしまった自分と七海のことだ。

いやまぁ、僕と七海が結婚とかそういう一足飛びな話ではない。だけど、神恵内さんは既に結婚まで見据えているというのが驚きだった。総一郎さんはあえて口にしてないけど、音更さんと既にそうなってるのかもしれない。

急にそんな話を聞かされたからなのか、僕もそれを意識してしまう。なんせさっき、僕は七海を幸せにすると宣言したばっかりなんだし。

でもなぁ、学生結婚って言葉は聞くけど大変そうだし……それって大学生の話だろうし……。今は女性も結婚できるのは十八歳からだし……と、否定的な考えばかりが浮かんでしまう。

これは結婚を現実的な問題として捉えているかどうかの差なのかもしれないなぁ。

「どした？　簾舞君……。俺なんか変なこと言ったかな？」

「あ、いえ……総一郎さんも、居辺さんも……神恵内さんも、音更さんも随分大人で先に行ってるんだなぁって思って……」

僕が反射的に答えた言葉に、総一郎さんは一瞬だけ目を丸くすると、その目をすぐに伏せて苦笑を浮かべる。そして、女性陣の方へと視線をチラリと送ると、再び僕に視線を戻す。

「……いやぁ、俺に言わせれば簾舞君の方がよっぽど大人だと思うよ」

「えっ……？　いや、そんなことないと思いますけど……」

音更さんは僕の否定に対して、静かに首を横に振る。それから、さっきの僕の言葉を口にした。改めて人の口から聞くと恥ずかしくなって、僕は思わず羞恥に頬を染める。

揶揄われてるのかなとか思ったけど、総一郎さんから出てきた次の言葉は僕の想像とはかけ離れたものだった。

「真剣に、何のてらいもなく真っ直ぐ素直に彼女のことを好きだって言えるって……すげえなって思うよ。俺やシュウにはどうにも難しそうだからさ」

至極真面目な表情で、総一郎さんはどこか悲し気に言う。僕は彼等が難しいと言った理由が何かは分からない。僕には想像しかできないけど、二人のしている恋愛は僕よりもずっと色んなハードルがあるのかもしれない。それは年齢差や関係性、法律や倫理の壁とか……。

だから難しいと言っているのかもしれないし、他にも理由があるのかもしれない。その辺りについては根掘り葉掘り聞くのは失礼なので、僕はただ沈黙していた。

「つーか、今となってはナナの方が先に進んでると思うんだよなぁ。ゲンさんが認めてるし、そっちのご両親も問題ないんだろ？」

「そうですねぇ、うちの両親も七海のことを凄く大事に思ってます」

「あー、もう。一番心配だった妹分がいつの間にかお兄ちゃんを超えていくってのは嬉しいけど、ちょっとだけ寂しいものがあるねぇ」

さっきまでの悲し気な声を一変させて、急におどけたように総一郎さんは肩を竦めていた。僕から見てもその仕草はわざとらしくて、思わずクスリと笑う。

「なーに、もうそんなに仲良くなったの？　音兄、陽信のこといじめてないでしょうね？」

「人聞き悪いことゆーな。ナナよ、お主は実に良い男をゲットしたな。ほめてつかわす。このままだと、結婚一番乗りはナナかねぇ」

「けっこッ……?!」

いつの間にか僕の腕に自身の腕を絡ませていた七海が、総一郎さんに対してジト目を向けていたんだけど……思わぬ反撃(はんげき)を受けてそのまま言葉を失ってしまう。

カラカラと笑う総一郎さんに、七海は真っ赤になりながら足を出した。僕と腕を組んだままだというのに、けっこう良い音のするローキックだ。

七海もこんなことやるなんて意外だなぁ。

珍(めずら)しさから僕が驚いてその様子をまじまじと見ていると、七海は途端(とたん)に足を押さえて恥ずかしそうにする。スカートじゃないから足は出ていないのに、気分の問題かな。

モジモジとする七海になんて声をかければいいのか……。

「その……なかなか良いキックだね」

「褒(ほ)めるのッ?!」

「ナナに教えたのは俺だからな」

総一郎さんはどこか誇らしげだ。そんな彼を七海は再び軽く蹴(け)る。けっこう良い音がしてるな。僕も今度、なんか教わろうかなぁ。七海を守るって意味でもやって損はないだろうし……。

まるで兄妹(きょうだい)がじゃれているような様子を見ながら、僕は良い機会なので聞いてみたかったことを口に出してみた。

「そういえば、七海……ナナって呼ばれてるんだ」

「うん。音兄、基本的に人の名前を二文字までしか覚えられないから」

「おい、人を馬鹿扱いするな。二文字で呼ぶの可愛いだろうが」

総一郎さんは抗議の声を上げるんだけど、二文字までしか覚えられないことについては否定していなかった。え？　七海の冗談だと思ったんだけど……本当なの？

……いや、冗談か。総一郎さん、僕のことちゃんと苗字で呼んでいたし。二文字までしか覚えられないなら呼べないはずだよね。

「いいねぇ、渾名で呼び合うのって。僕、そういう経験ってほとんどないからなぁ」

「そうなの？　小学校の時とかやらなかったの？」

「うーん……覚えてないなぁ……」

もしかしたら小学生の時には渾名があったかもしれないけど、あいにくとその頃のことはほとんど覚えてないし、中学からはほとんど友達いなかったしなぁ……。

まともな人付き合いは、それこそ七海と付き合ってからするようになったんだし……。

「あ、簾舞君。じゃあ俺、簾舞君のことヨウって呼んでもいいかな？」

「音兄が言うの?!　普通そういうのは彼女である私の役目じゃないのッ?!」

「いや、ナナはナナで付ければいいじゃん。俺が呼びたいってだけだから。なんなら、ダーリンとかハニーとか呼び合えばいいじゃん」

「……それ一時期、初美と音兄が呼び合ってセルフNGにしたやつじゃん」

……え？　それマジで？

僕は思わず音更さんと総一郎さんを交互に見ると、総一郎さんは僕等から顔を背けていた。音更さんは完全に飛び火だよねこれ……。

あの音更さんがそんな呼び方してたとは……。ギャップが凄いなぁ。

で、僕等がその呼び方をお互いにするとしたら……うん、ないな。さすがにない。バカップルとかそういうのとはまた違う変な恥ずかしさがある。

想像してしまった映像を消し去るように、僕は少しだけ頭を振る。さすがに僕等も人目をはばからずイチャイチャするような呼び方はできない。ＴＰＯは大事だからね。

……普段から人目をはばかってないだろという自身の内から来るツッコミは無視しておこう。一応、自分の中で分別はつけてるということで。

「とりあえず、僕の呼び方は好きにしていただいてかまわないんですけど……」

「おぉ、それなら……」

「でもちょっとだけ待ってください。僕も初めての渾名は七海に付けてもらいたいんで、その後で良ければ大丈夫です」

僕の言葉を受けて、総一郎さんは感嘆の声を漏らす。そして、歩きながら唸っていた居辺さんが立ち止まり、僕の方を目を見開いて凝視しながら「それかぁ……」とか呟いている。そんな大したことは言ってないんですが……。

七海はというと、嬉しそうに満面の笑みを浮かべて僕にくっついてくる。音更さん達はそんな七海をどこか温かい微笑みを浮かべて見守っていた。ちょっとだけここの空気がほわほわと温かいものになった気がするなぁ。

「で、七海なら僕にどんな渾名をつけるの？」

くっついていた七海はその言葉で我に返ったように顔を上げる。そして、少しだけ考え込むように口元に手を置いて……しばらく無言になってしまう。

「……陽ちゃんとか」

「ちゃん付けって、ちょっと照れ臭いねぇ」

「いや、俺とあんま変わんねーじゃねーか……？」

総一郎さんがツッコんできたけど、七海が最初に付けることが大事なのである。七海も満足そうだし、僕としても満足だ。

僕はクルリと身体を反転させて総一郎さんに向き直ると、胸を張って宣言する。

「というわけで総一郎さん、僕のことヨウと呼んでいただいても大丈夫です」

「……改めて、七海の彼氏が君でよかったと思うよ」

「僕も今、心からそう思いましたよ……」

若干呆れたように総一郎さんも居辺さんもその目を半眼にして、どこか感心したように呟いた。

よかったという言葉にさっきとは違う意味が込められていそうだけど、僕はその答えとして七海と顔を見合わせてから、揃って二人にお礼を言う。

それを聞いたみんなは、どこか嬉しそうに笑っていた。

お昼は、みんなで総一郎さん行きつけの洋食屋さんで取ることになった。何でも総一郎さんの友人が経営しているお店なんだとか。交友関係が広いなぁ。
非常にオシャレな店構えで僕はなんだか場違い感を覚えて緊張してしまったけど、七海達はまったく気後れすることなく普通に入っていった。いや、凄いな……となんだか感心してしまう。
一緒になって過ごしていると、なんだか大人になったような気がする。いや、高校生はもう大人の仲間だと言う人もいるだろうけど、普段チェーン店しか行かない人間にとって個人店に行くというのは大人な感じなんだよ……。

ただ、食事の場というのは親睦を深めるのに非常に有効なのだろう。僕はコミュニケーション能力が高い方ではないけど、皆の話題の振り方のおかげで緊張しながらも楽しく話をすることができた。

色々な話をしたんだけど、その中で……夏休みの話題が出た。といってもそんな変な話じゃなくて、夏休みにはこの六人でどこかに行こうという話だ。

つまり、トリプルデートをしようじゃないかとお誘いを受けたわけだ。

『海行こうよ、海！　せっかくだし泊まりがいいなぁ！』

そう言ったのは音更さんと神恵内さんだ。総一郎さん達は……日帰りでいいじゃんとか言ってたけど、あの様子だと押し切られるのは時間の問題だろう。

いや、普通は泊まりを提案するのって男女逆じゃないのかなぁとかそんなことを思ったけど、僕はその辺をツッコムことはしなかった。

ちなみに、その話の中で七海と僕が既に保護者同伴で泊まりがけの旅行を経験していることをポロッと言っちゃったら……すごく驚かれた。

そのこともあって、きっと海は泊まりになるんだろうなとかその時の僕はぼんやりと考えていた。

で、現在……僕は七海と二人でいる。

「どうして……どうして、こうなったんだろうか？」

自問自答しても答えは出てこない。

そりゃそうだ、この手の問題にはそもそも答えがないか、既に答えを見つけている場合がほとんどだ。今回は後者かな。なんでこうなったのかは分かりきっている。

僕は今……何といいますか……洋服屋さん……いや、なんて呼ぶんだろ？　アパレルショップかな？　ともかく、服屋に七海と一緒にいる。ショッピングデートってヤツだ。

別にそれ自体は問題ない。非常に健全なデートだ。そう、健全……だと思ったんだけどなぁ……。

健全と不健全は紙一重だ。

なぜなら僕は今、試着室の前にいるから。

……いや、試着室の前にいるイコール不健全なわけじゃないんだけどね。試着室の中には当然ながら七海がいて……中からはご機嫌な鼻歌と、かすかな衣擦れの音が聞こえてくる。

楽しそうなのはいいことだけど……薄布一枚隔てた向こうで七海が着替えてると思うと

緊張する。

過去にも色んなカッコの七海を見たり、はだけた浴衣を見たり色々あったけど……こんな至近距離で着替えてることはなかったんじゃないだろうか。あったっけ？　たぶん無い。

衣擦れの音と、楽しそうな七海の声。実はここには……とあるものを買いに来たからだ。もったいつけても仕方ないので言ってしまうけど、それは……七海の水着だ。

というのも、海の話で盛り上がってたらこの後どうするって話になりまして、そしたらこの後も時間はまだあるしみんなでプールに行こうってことになったんですよ。

でも水着なんてみんな持ってきてないし、僕はそもそも水着を持ってないし今日は無理でしょうって、そのまま解散かなぁって思ってたら……。

「あ、じゃあ水着買いに行こうか。せっかくだし、二人の付き合い記念にプレゼントするよ」

「いいですねぇ、僕も一口乗りますよ」

総一郎さんと居辺さんが揃って提案してくる。

あっさりと、水着を買ってその足でプールに行こうと。どんな行動力だ。勢いが凄い。

その後も色々と押し問答は当然あった。お昼を奢ってもらった上にそこまでしてもらうのは悪いって話から、妹分とその彼氏にプレゼントくらいさせてくれとか、音更さん達はじゃあ自分にも買ってってておねだりして却下されてたりとか……。

あえて言うけど、陽キャの圧って凄い。いやもうね、会話しててどんどん逃げ道を塞いでくるんだよ。圧倒される。

結局、押しに負けた僕と七海は総一郎さんの車で水着を買いに来たわけだ。ちなみに、別の場所で音更さん達カップルも水着を選んでいる。

ホントにこの後にプール行くんだ……。でも、もういい時間なのにやってるプールってあるのかな？

七海は最初は抵抗してたけど、最終的には仕方ないなぁって困ったように笑いながら了承してた。こうやって強引なのはいつものことなんだとか。

「ごめんねー、陽信。嫌だったら嫌って言っていいんだよ？」

試着室の中からそんな声が聞こえてくる。僕はその問いかけにどぎまぎしながら生返事をする。試着室の中からの声ってなんかドキドキするよ。

最終的に七海は、去年の水着があるけど新しいの欲しいからちょうどよかったかもと前向きにとらえていた。一年ごとに変えるなんてオシャレな女子は違うなぁとか思ってたんだけど……。

違った。それは大いなる思い違いだった。いや、その考えもあるにはあるんだろうけど、七海の場合は事情がちょっとだけ違った。

『実は去年の水着、キツくなっちゃってさぁ。新しいの欲しいなーって』

『そうなんだ。水着って一年でそんなにサイズが変わるものなの？』

『いや、その……えっと……胸がキツくなっちゃって……』

耳と頬を朱に染めた七海に、僕はあまりにもデリカシーのない発言だったと即座に反省する。いや、一年でそんなに育ってたの七海……。違う、この言い方はダメだ。なんかセクハラっぽい。

どう反応すればいいか分からず、僕がわたわたしていると七海は上目遣いで『せ……成長期だから』と言い出した。どうも七海も思ったより混乱しているようだった。

まさか少し前に冗談で話してた水着選びを、こんなに早くやるとは思ってもみなかった。フラグ回収までが早すぎる。いつものことかもしれないけど、もう少し暑くなってからだと……。

あー……今、このカーテンの向こうには水着に着替えようとしている七海がいるのかァ……。思い出したら余計に緊張してきた。漫画とかではよくある水着選びだけど、自分の身に降りかかるとは思ってもいなかったなぁ。

七海、試着室に何着か持って入ってたけど……どんな水着選んだんだろ？　ドキドキするけど、やっぱりどんな水着を着るのかは気になってしまう。

そんな期待に胸を膨らませていると、ヒョコッと七海がカーテンの向こうから顔だけを出した。身体は全て隠れていて、どんな水着なのかを窺うことはできない。

「とりあえず、第一弾としてこんなのはどうかなー？」

そして、器用に七海はシュポッという音と共に首を引っ込めた。カーテンをそのまま開くのかと思ってたんだけど、その閉じたカーテンが開かれることはなかった。

僕が首を傾げて待っていると、カーテンの向こうから七海の声が聞こえてきた。

「よーしーん、はーやーくー」

……え？　早くって？

僕が一人で佇みながらますます首を傾げると、やがてカーテンの隙間から七海の手がにゅっと伸びて……そのまま手首を前後にパタパタと動かす。動きはまるで手招きだ。……手招きだと⁈

まさか七海、僕にここに顔を突っ込めと言うのか……？

七海の手がゆっくりとカーテンの中に入っていったのを見届けても……僕はまだ少しためらっていた。いや、いいのかそれ？　……普通にカーテン開ければいいんじゃないか？

そう考えた僕だけど、即座に七海の状況に気がついた。

そうだ、七海は今水着の試着をしているんだ。そんな中でカーテンを開けてしまったらどうなる？　水着姿の七海がこの場に晒されてしまう。水着姿の七海が。

今この場には僕等だけじゃないんだ、他に男性のお客だって何名かいらっしゃる。見ず知らずの男性に七海のそんな姿を見せていいのか？　いいわけがない。

だから僕が七海の姿を確認するためには、閉じられたこの試着室に顔を突っ込むのが一番安全で合理的という結論になるわけだ言い訳終了。

……いやまぁ、そもそも自分に言い訳しなくても七海が見てって言ってるんだからいいんだけどね。ただ試着室に首を突っ込むって非日常を冷静に享受するためには自分に言い聞かせないといけないいんだよ。

僕が思考していたのは、本当にほんの少しの時間だったと思う。だけど、僕にはその時間がとても長く感じられた。決意はしたけど、緊張してきた。

ゆっくりと……ゆっくりと僕は試着室に一歩近づく。なんかゆっくりしてる方が店員さんに不審者と間違えられそうだな……。

「じゃ、じゃあ見るよー」

「どーぞー」

不審者じゃないですよとアピールするように口にすると、返ってくると思ってなかった答えが返ってきた。そのせいで僕の心臓は一度だけ大きく跳ね上がる。ドクンッという音が耳に届いてくるぐらいに音が鳴った気がする。

カーテンの隙間に僕は顔を入れる。だけど、すぐに七海を見ることができずに視線は下を向いてしまっていた。衣服は特に落ちていない……当たり前か。いや、僕なら試着室で脱いだ服は床に置いてしまいそうだから。

脱いだ服……と考えたところで意識してしまった。そうだよね、服脱いでるはずだよね。

「この水着どうかなぁ？　ちょっとおとなしめかなぁ？」

声のする方向に視線を送ると、そこには水着姿の七海がいた。水着はオフショルダーのビキニのようで、胸の前にフリルが付いている。確かこのフリルって体型カバーのためって聞いたことがあるけど、七海がそれを着けると胸の大きさがいっそう強調されている。白い生地に薄いピンクの模様の可愛くも爽やかな柄だ。肩が完全に出ていておとなしめとかとんでもない、ナンパが心配になるくらい健康的な色気がある。

そして下の方に視線を送ると……。

同じ柄のボトムスが、パンツの上から穿かれていた。

「服の上からかよッ⁉」

思わずツッコんだ。

狭い空間内でいきなり大声を出してしまったからか、七海はビクリと身体を震わせて驚いていた。うん、ごめん。予想外すぎたからさ。まさか服の上からとは思わなかったし。

え？　これが普通の試着なの？

「あー……ビックリした」

「あ、ご……ごめん。つい、思わず、ちょっとガ……」

そこまで言って僕は言葉をいったん区切る。ガ……ガである。うん、誤魔化さずに男らしく言っておこうか。

ガッカリしてしまいました！

水着姿の七海がいるかと思ってました！

そうですよ、期待してましたよ畜生。僕だって健全な高校生なんだ。試着室の中には水着姿の七海がいると思っていたのに服の上から水着を試着した七海がいたらどうしてもガッカリしちゃうでしょ。これは仕方ないでしょ。

「……ガ？」

驚いていた七海が、僕の最後の言葉を繰り返す。一言だけなんで聞かれなかったと思っていたら、聞かれてしまっていたようで、僕は少しだけ血の気が引く。

「ガ……ガー？」

「な、七海、その水着似合ってるよ！　暑い夏にぴったりな爽やかな色合いだし！」

僕が何を言おうとしていたのか、推理をはじめようとする七海を妨害するように僕は慌てて水着の評価をする。下はパンツの上から穿いてるけど、全体的なシルエットは分かる。

ちなみにここでのパンツは下着のことじゃなくて、ボトムスのことだ。念のために。下着の上からなら僕もガッカリしな……いや、違う違う。語るに落ちてしまう。

七海が動くたびにトップスのフリルが揺れている……フリルで当たってるのかな呼び方？　そして、その揺れるフリルの下からチラチラと水着本体が見え隠れしていた。

「色合い良いよねぇ、私もこういうの好きなんだよね。ほら、フレアの下も同じ柄なんだよ」

「うぇッ?!」

七海はおもむろに胸のフレア……フレアって呼ぶのは知らなかった……をペロンと捲る。さっきまで見え隠れしていた部分がいきなり露出してしまい、僕は変な声を出してしまう。

楽しそうに七海はそこをヒラヒラと動かして、僕に水着の全体像を見せつける。

「……えっと、似合ってるね」

七海が楽しそうでよかった。とりあえず、さっきの発言は誤魔化せたかな。このまま話題を逸らして次の水着の話にでも……。

「ほんとに？　服の上からでガッカリしてないかなぁ？」

バレてるッ?!

笑みを顔に張り付けたまま身体が硬直してしまった僕は、錆びた機械が無理矢理動くかのようにぎこちなく首を動かして七海の表情を見る。

彼女はその顔に、心からの嬉しそうな深い深い笑みを貼り付けていた。口が大きく弧を描き、目は好奇と期待の色を灯している。今日一の良い笑顔である。太陽のような笑顔だ。

僕は何か誤魔化す言葉を改めて口にしようと思って……諦めた。

「はい、ちょっとだけガッカリしました……」

「しょーじきでよろしぃー」

顔を下に向けた僕と、七海は手を伸ばしてヨシヨシと子供をあやすように撫でてくる。

僕が首だけ出しているせいか体勢がおかしいので、七海が少しだけ前屈みになっていた。そこで胸元からチラリと見えたんだけど、七海はどうやらチューブトップも着けたままのようだ。上も下も衣服の上から水着を着てたのか。

周囲をよく見ると、持ち込んだ水着以外は今日着ていた上着だけがハンガーにかけられている。最初から注意をはらって見ていたら、衣服がそれしかないことに気づいてただろうな。

……いや、気づけないか。試着室に顔だけ突っ込むとか異常な状況で冷静でいられるはずがないし。

きっと、僕のこの結果は必然だったんだろう。なんかカッコ良い風に言ってるけどカッコ悪すぎるな。

「でも水着って、直じゃなくて服の上から試着するんだ。知らなかったよ」

「普通は下着の上から試着するんだよ。さすがに、直には着ないよ」

水着の試着なんてした事のない僕にとっては、七海からの情報は新鮮だった。普通は下着の上から着るんだ……。

でもよく考えたらそうか、売り物だし、直肌はあんまりしないか。試着して確実に買うならまだしも、そうじゃないケースもあるだろうし。

たまに漫画とかアニメとかで、直に試着してる展開があるけどアレはあくまでも演出ってことかぁ。うーん、長い間の疑問が解消されたというか、ロマンが一つ崩れたというか……。まぁ、一つ勉強になったのは確かだ。役に立つか分からないけど。

そこで僕にはふと、新たな疑問が生まれた。

「なんで今日は、下着の上からにしなかったの？」

「へっ？」

さっき七海は言った。普通は下着の上から水着を試着すると。だけど……今の七海は服の上から水着を着ている。それは普通はしない行動ってことだ。

ちょっと気になったから口にした程度の疑問だったんだけど……よくよく考えたらコレ、セクハラっぽいかもしれない。

だって、七海の顔がみるみる内に赤くなっていく。

「いまのなーし！」

僕は顔を伏せながらさっきの質問を取り消した。うん、さっきまで笑っていた七海がもう真っ赤でもじもじしちゃってるもの。手を合わせてバツが悪そうに下を向いてしまっている。

そして、顔を上げた七海は小さく……口元を手で隠しながら呟いた。

「えっと……カーテンの向こうに陽信がいるって思ったら……ここで下着姿になるの恥ずかしくなっちゃって……」

まるでぶん殴られたような衝撃を受ける。いや、可愛すぎか僕の彼女。ここが試着室の中じゃなければ叫んでいたかもしれない。思わず叫びそうになるのを堪えた自分をほめてやりたい。

さっき、僕はカーテンの向こうで七海が着替えてると思うと緊張していた。だけどそれは、七海も同じだったのか。

「ふ、普段なら平気なんだけどね！　試着室の中で脱ぐのって！」

「そ……そうなんだ？」

「今日はほら！　上はチューブだったし下は薄いの穿いてきたからこのままでも平気かなって！　だから上もちゃんと着てるんだよ?!」

僕は七海がその行動を取った瞬間に目を逸らしたんだけど、混乱した彼女は水着のトップスを少しだけ捲って下のチューブを見せてきた。わざわざ見せなくて大丈夫だから！

僕が目を逸らしたことで七海は我に返ったのか、すぐに衣擦れの音が耳に届く。どうやら元に戻したようだ。なんか、こんなに慌てた七海を見るのは久々な気がする。

しばらく、試着室の中で無言の時間が続く。首だけ突っ込んで黙ってるって大丈夫だろうかと思いつつも、僕は空気を変えるために口を開いた。

「と……とりあえず、次の水着ってどんなの選んだの？」

これが良くなかった。いや、結果的に沈黙はなくなったんだけど……それでも良くない発言だったと思う。

「つ、次はねぇ、これかなぁ」

気を取り直したように、試着室に持ち込んでいた水着を禄に見もしないで僕に見せてきた……たぶん、これは最後のオチに使うつもりなんだろうなって水着を。

紐に、かなり極小の布地が付いているだけの水着。

なんでこんな水着が店頭で売られてるのと思うくらいに、小さな水着だった。

その水着が僕と七海の間に置かれた瞬間に……僕等の時間はまた止まる。

再び静寂が訪れた試着室の中で、その沈黙を破ったのは七海だった。プルプルと子犬のように震えた七海は、その目をグルグルさせて涙を浮かべながら叫んだ。

「……違うの！」

何も違わないその叫びは、静かな試着室の中に木霊するのだった。

「ナナのやつ、どんな水着選んだんだい？」

「実は、最終的に何を選んだかは秘密って言われちゃいまして……」

「簾舞君もですか。歩もそうだったんですよねぇ」

「ハツもだなぁ。別に教えてくれてもいいのによ」

そう言いつつ、総一郎さんはソワソワしている。居辺さんもそうだし、なんだったら僕

もそうだ。いや、僕がソワソワしているのは場の雰囲気のせいでもあるかもしれない。

あの後、僕も七海も……当然ながら音更さん達も無事に水着選びを終えた。

さっき総一郎さんに言った通り、最終的に七海がどの水着を選んだのか僕は知らなかったりする。そこはサプライズにしたいんだとか。

七海は色んな水着を試着した。ワンピースタイプや、ビキニっぽいやつ、それこそ完全に紐でしょってものまで。全部服の上からだけど、七海は一通り試着して見せてくれた。

あの中のどれかなんだろうなぁ……と、緊張感が増していく。

最初は服の上からの試着って、ガッカリしちゃったけど……。普通に服の上からでも水着の試着ってのは凄いものだった。直肌じゃないからか、大胆なものを見せることに抵抗がないようなんだよね。紐のなんて確実にプールで着るものじゃなかった。

なんでそんなものまで揃えてるんだと思ったよ……。

あ、僕の水着は適当に選んだ。別に僕の水着についてはどうでもいいだろう。サイズをだいたい決めたら試着すらしないつもりだったから。

それじゃつまらないってんで、七海が選んでくれたけど。ハーフパンツタイプの、僕なら選ばない青いグラデーションに海の模様が描かれているものだ。

そして僕等は今……。

「……ヨウ、けっこう良い筋肉してるよな」

「ええ、筋トレが趣味でして……。総一郎さんは分かってましたけど、居辺さんも割と筋肉質ですよね」

「僕はダイエットしまして。実は歩には不評でしたけど」

こんな取り留めのない会話をしながら、僕等は彼女達を待っていた。

正確には……水着に着替えた彼女達を待っている。

あー……緊張するー。慣れてると思ってた総一郎さん達もなんだか緊張しているし、だから余計に緊張するというか……さっきから男三人、水着で並んでソワソワしてたりする。

そう、ここは既にプールである。それも、ただのプールじゃない……。


ナイトプールだ。


いやぁ……まさか僕がこんなところに来ることになるとはなぁ。思わずたっぷり溜めてしまった。こんなところって言ったけど、実はナイトプールがなんなのかは最初知らなかった。

名前から夜にやってるプールって印象しかなかったんだけど……まぁそれはそれで間違

いではない。だけどまぁ、泳ぐのがメインじゃなくてこう、ゆったりと遊ぶのがメインのプールというか。

……言葉で説明するのが難しいな。

プールの内部では、照明を薄暗くしていて、間接照明って言うんだろうか？　様々な色の光でプールを彩っている。暗いのに派手、という矛盾するような光景だ。

暗いからこそより光が鮮明に視界に入ってくるというか……。そうそう、ＳＮＳに投稿する場所としても人気なんだとか。映えってやつか、よく知らないけど。

そんな場所に高校生が来ていいのかって思ったんだけど、どうやら特に問題ないらしい。まぁ、今回は保護者がいるから問題ないだろうと思ってたら、べつに高校生だけでも大丈夫なんだとか。

カルチャーショックだなぁ。幸いにしてシーズンにはちょっと早いからか、人も多くはない。女性をナンパしている男性もチラホラと見受けられるけど、そういう人はだいたいスタッフさんに怒られてたりもする。

無秩序に見えて、ある程度の秩序はあるようだ。

僕等は、周囲を見渡しながら取り留めのない話を続ける。何を話したのかいまいち覚えていないのはその後のインパクトが強すぎたせいなのか……。

不意に、声をかけられる。

「そこのカッコいいお兄さん達……誰かと待ち合わせですかー？」

「良かったらぁ、私達と遊びませんかぁ？　ピチピチのＪＫですよ～？」

背後からのその声は聞き覚えのある声で、聞いた瞬間に全員で顔を見合わせながら苦笑を浮かべてしまっていた。

わざとらしく、逆ナンみたいに声をかけてきたのは当然ながら彼女達だ……。

「お前等……おせー……よ……」

「歩、そういう声のかけ方……は……」

振り向いて、二人とも絶句してしまっていた。どうやら二人は自身の彼女に見惚れてしまっているようだ。気持ちは分かる気がする、僕も振り向いてビックリしたからさ。

そこには当然だけど、水着姿の二人が立っていた。

音更さんは、大胆な真っ黒なビキニを着ていた。首の後ろや、留めている部分は紐で結ばれていて、どこか心もとない危うさと、圧倒的な大人っぽさを全身で体現している。腰に手を当ててポーズを取り、片手をこちらに向けている。

神恵内さんもビキニだけど、こっちは音更さんとは対照的に蛍光色というか……暗がりの中なのにビキニが光を反射していて、まるで発光しているようにハッキリと見えていた。

下は小さなデニム生地のパンツで、ビキニのボトムズがチラリと見えている。こちらもポーズを取って、音更さんとは逆の手を僕等に向けて伸ばしている。

二人とも非常に大胆だなぁ……。いや、凄くスタイルは良いけど。スタイルがよく見える水着ってやつなんだろうか。ひとの彼女だからあんまジロジロ見ないけど。

あれ、視界には二人しかいない……七海はどこに……？

「ほらほら、七海も。前に出ろよ」

「ほら〜、ちゃんと逆ナンしなよ〜」

僕が疑問に思ったタイミングで、二人は後ろに隠れていた七海を前に出す。暗がりだから二人に隠されると見えなかったようだ。

七海はゆっくりと、ゆっくりと前に出る。同じ側の手と足が一緒に出てるよ……。ガチガチでロボットみたいな動きになった彼女は、両手を上げながら僕に対して上目遣いで、ちょっと震える声で両手を伸ばしてきた。

「あの……えっと……お、お兄さん？　良ければ私と……一緒に遊びませんか……？」

おずおずと言ってきた七海の姿の破壊力は……過去最高だった。

僕は彼女の全身を視界に捉える。

まず、水着は白いビキニだ。

白というのは非常に清楚な色なのだが、ビキニという形にすることで清楚さはそのままに、暴力的なまでの色気をダイレクトに伝えてくる。また、ビキニの下からは青い小さなビキニの紐が見え隠れしている。

試着していた中にあった、レイヤードビキニってヤツだ。デザインでレイヤード風に見せるものもあるらしいけど、これは実際に重ね着しているタイプ。そんな水着があるなんて知らなかった。

正直、教えてもらった時にはなんでわざわざ二重に水着を着るんだろうと思ってたけど、なるほど、これは素晴らしい。見えている下の水着が非常にセクシーだ。

髪型は編み込みプラスポニーテールが揺れている。

そんな彼女が僕を逆ナンしてきたのだ。いや、逆ナンは冗談だけど。こんなの反則でしょ。

なんだこれ？　天使か？　小悪魔か？　それともなんかこう……妖精とかファンタジー的な存在か？　少なくとも目の前が現実離れしていて、いっそ幻想的ですらある。

うっわー……可愛いとかキレイとかありとあらゆる誉め言葉が次から次に溢れてくる。

何を言えばいいんだろうか。

「……な……なんか言ってテッ」

言いたいことが多すぎて沈黙してしまった僕に、七海は固まったままで小さく叫ぶ。金縛りから解放されたようにハッとした僕は、そのまま彼女の伸ばした手を取った。

「僕で良ければよろこんで。七海、水着凄く似合ってる。可愛くて言葉を失ったよ」

笑顔で褒めた僕に、七海はボンッという音が出そうなくらい一気に赤くなって、それから嬉しそうに満面の、華のような笑みを浮かべる。

見るだけで蕩けるようなその笑顔に、僕もさらに笑みを深くする。

周囲の暗闇を照らす光がプールだけじゃなく彼女も照らしていて、七海の姿がどこか妖艶にも見えた。ナイトプールって非日常な場所も影響しているのかも。

「え、えへへ……」

笑顔の彼女は、そのまま僕に近づこうとして……ちょっとだけためらった。だけどそのためらいも一瞬で、スッと一歩だけ僕に近づいてくる。えっと、どうしたんだろうか？

僕の疑問を感じ取ったのか、一歩近づいた七海は僕の手に触れて眉を下げて照れ臭そうに笑う。

「えっと……。抱き着きたくなったんだけど、水着だから肌が直だし……」

なるほど。

うん、そうだね。僕としても肌と肌を重ねるのは嬉しいけど、ちょっと……いや、かなりとんでもないことになってしまいそうだ。僕もそれを想像して頬を染める。

「陽信も水着似合ってるね。カッコいいよ」

向かい合って僕等はお互(たが)いの水着を褒め合った。自身の笑みが、だらしなくなるのが分かってしまった。こんなの言われてデレデレしない人いるんだろうか？

ぽわぽわと幸せな気分になっていると、不意に視線を感じた。七海が注目されてるのかと思ったんだけど……。

「うわー……妹分の女の部分見るってちょっと照れるなぁ……」

「……え？　いっつもこの二人こんな感じなんですか？」

しまった忘れてた、ここにはみんないるんだった。

僕も七海も手を繋(つな)いだままで、みんなの方へと視線を向ける。音更さん達は笑ってたけど、総一郎さん達はなんかあんぐりと口を開けていた。呆(あき)れられてる？

音更さんも神恵内さんも、そんな彼氏達(かれしたち)の姿を見るとニヤリと笑って……自身の身体をピッタリとくっつける。すげぇ、七海が躊躇(ためら)ったことをあっさりやってのけた。

「ホラホラ、兄貴も私のセクシーな水着を見てなんかないのかぁ？」

「ほら〜ほら〜。どう〜？　似合ってるでしょ〜？　ちなみに下はこんな感じだよ〜」

音更さんは総一郎さんにまとわりつくようにくっつき、神恵内さんはデニム生地のパンツを少し捲って水着の下を見せつけていた。これ、僕見ちゃダメなやつじゃない？

「……ハッ、露出多すぎじゃないか？」

「歩、はしたないからやめてください、水着を着てても、いや着てるからこそ絵面がヤバいです」

「ちがうでしょー？」

照れ隠しのように言った二人の言葉を、音更さん達は揃ってプクッと頰を膨らませながら否定する。普段学校で見ているどこか大人っぽい姿とは異なる、子供みたいに彼氏に甘える姿がそこにあった。

学校の人達に言っても、信じなそうな光景だなぁ。僕も今、自分の目で見ても信じられない思いだもん。二人とも、年相応の普通の女の子って感じだ。

ワイワイとやりあっている四人を見てたら、七海に頰をムニッとされてしまう。

「陽信、見すぎー。二人の水着そんなに気になるの？　私の見てよ」

「違う違う。あんな二人見たことなかったから驚いてさ」

「あー……。そっか、陽信は見るの初めてだもんね。二人とも、彼氏の前だとだいたいあんなもんだよ？　ふつーふつー」

あれがふつーなのか。

しばらく四人を眺めてたら、根負けした総一郎さん達は遠まわしな誉め言葉を二人に贈り、満足気な音更さん達は更に総一郎さんにくっついている。

「んじゃ、こっからはそれぞれで行動しようか。途中で合流もありだけど、やっぱ二人で……」

「えー？　俺もヨウと一緒に遊びたいんだが……」

言うや否や、総一郎さんは音更さんに思いっきり耳を引っ張られた。音更さんは二人きりになりたくて、総一郎さんはたぶんあれ照れ隠しなんだろうなぁ。さっきからちょっと赤くなってるし。

神恵内さん達は僕等にかまわず二人でイチャイチャしてるみたいだ。いや、神恵内さんが凄くグイグイ行ってて、居辺さんが困ってるってのが正確な表現か。

えっと、みんな神恵内さんスルーしてるけどいいの？　大丈夫なの？　なんか妖怪みたいに抱き着いてるけど。居辺さん、よく耐えられてるな……。尊敬する。

「すいません、僕もせっかくだし今日は七海と二人で遊びたいんで……」

「じゃーねー、音兄達ー。また後でー」

「くそッ……今日はナナに譲るか……。二人とも、変なヤツ来たら俺を呼べよー」

「二人ともお気をつけ……歩、歩ッ！　ステイ、ステイです!!　落ち着いてください」

僕等はみんなに見送られて、踵を返して歩きだした。少し進んだところでチラリと視線を後ろに向けると、音更さんが総一郎さんに何かに感激したように抱き着いていた。ちゃんとした誉め言葉を言ったのかな。音更さんは幸せそうだ。神恵内さん達は……いつの間にかいなくなってる。大丈夫かなぁ……？

まぁ、長い付き合いの彼等を僕が心配するのもおこがましいか。僕は僕で七海をちゃんとエスコートしないとと、チラリと横の七海を見るんだけど……。

なんだこの歩いているだけで神々しい存在。女神か？　天使すっ飛ばして女神なのか？　ホントに混んでないのが幸いしたかもしれない。一緒に歩いてるだけで注目の的だろうな。

身体はちょっと離れて、手は繋いで一緒に歩く。いつもだったら触れるくらい近い距離で歩くんだけど、今日は肌が露出しているからか距離がある。

改めて思うけど……洋服って凄くガード性能高かったんだな……。いや、今更何を考えてるんだって感じだけど、だって衣服がなかったら肩と肩が直に触れるんだよ？　薄布を介さないだけで、途端に触れる難易度が上がってしまう。

今から僕は非常に最低なことを言ってしまうかもしれないけど、どうかご容赦願いたい。うん、誰に言い訳してるんだろうか僕は。

いや、七海の隣を歩くだけでとても楽しいんだ。楽しいし、とても可愛い彼女を見まくってしまうのは仕方のないことだと思うんだ。だから本当に許してほしいんだけど……。

揺れるのって……胸だけじゃなかったんだ……。

いや、本当に申し訳ない。言い訳させてもらうけどこれは偶然なんだ。

隣を歩く七海を見て、僕は彼女のこう……胸が揺れるのはなるべく凝視しないように努めていた。だから、視線をなるべく胸以外に向けるように意識してたんだよね。

そしたらこう、後ろにも視線が行くんだよね。そしたらその……。お尻が……揺れるっていう非常に衝撃的な光景が視界に入っちゃったんだよ。

胸もお尻も水着でしっかりと支えられているからか、そこまで大きく揺れているわけじゃない。でも、確実に揺れは起きているんだよ。

本当にびっくりした。普段なら絶対に、絶対に分からなかったと思う。これは水着だからこそ分かったことだ。また知識が増えてしまった。

新たな知識が増えることを実感していた僕だけど、同時に僕は忘れてしまっていた。女性は男性の視線を敏感に感じ取れるということを。

「よ～しん～？　どーこを見てるのかにゃ～？」

胸の辺りをツンとつつかれて、僕は身体をビクリと震わせる。彼女はニーッと歯を見せて笑うと、そのまま指先をグリグリと動かす。なんか、直肌でやられると変な感じだ。

「陽信ってば、胸だけじゃなくてお尻も好きだったなんて……エッチさんだなぁ……」

「いや、その、それはえっと……」

バッチリと、僕がどこを見ていたかを言い当てられてしまう。仕方ないじゃないか、前にも言ったけど、動くものにはどうしても視線が行ってしまうのですよ。

あわあわと言い訳を言えなくなった僕に、七海はちょっとだけ嬉しそうに笑った。

「冗談だよ。胸ばっかり見ないようにしてくれたんでしょ？　別に気にしなくても……せっかく水着なんだからたっぷり見てもいいんだよ？」

僕の胸に当てていた指を離すと、七海はその指を自分の胸元にもっていく。プニリと自身の指で胸を押すと、曲線がほんの少しだけ変形して僕はドキリとしてしまう。

フニフニと何回か押して指を離す。僕は照れすぎて、そのまま手で顔を覆ってしまった。

ナイトプールという環境と、水着という解放感からなのか七海はとても大胆になっているようだ。

「七海、そんな誘惑するようなことを……」

「陽信だって……」

え？　僕誘惑するような仕草してないんだけど……？　そんなイケメンムーブみたいなことは絶対にできないし……なんのこと……？　僕が首を傾げると、七海は失言したように口を覆い隠す。

しばらく止まっていた七海だけど、ゆっくりと口を覆っていた手を離して……まるで悪いことをした子供がその罪を告白する時のように呟いた。

「その……陽信、上半身裸なんだもん……私だって目のやり場に困るよ……」

彼女は言葉を終えると、再び顔を覆い隠してしまう。暗がりでぼんやりと照らされた顔は、様々な色のライトに照らされても分かるくらいに赤くなっていた。

えっと……え？　上半身って、水着だしそりゃなんも着てないけど……途端に僕は自身の姿が恥ずかしくなってきてしまった。かといって、身体を隠すのもなんか変だし……。

「み……水着だからしょうがないよね！　男は基本的に上は裸だしさ！」

僕はつとめて明るく、笑顔で七海のフォローになってるのか、なってないのか分からないことを言う。うん、ほら……男は基本的に上に何も着ないし。

「しょ……しょうがないよね?!」

「うん、そうそう。だからほら、七海も慣れるのにいっぱい見ていいから、なんなら触ってもいいからさ」

両手を広げながら、冗談めかして言ってみたんだけど……その瞬間に七海の目が少しだけキラリと光ったような気がした。いや、光の反射でそう見えただけかもしれない。

「……いいの？」

その一言だけを口にすると、七海は一瞬だけ立ち止まる。僕も合わせて立ち止まって、七海の方を凝視する。ちょっとだけ期待したような目をした七海だったけど、その表情を一瞬で消す。

どうしよう、冗談だって言いづらい雰囲気だ。そのまま七海は僕の身体を触ってくるのかと思ったんだけど……違った。

「あー、浮き輪の無料レンタルやってるー。ねぇ、プール用の浮き輪、借りてみない？」

「う……うん。そうだね」

七海は見つけた浮き輪のレンタルの受付へ小走りで駆け寄る。手を引かれた僕はその後についていく形になった。浮き輪……浮き輪かぁ。

僕の認識だと浮き輪ってドーナツ型のものなんだけど、そこでレンタルしているものは違っていた。なんかボートみたいにやたらと大きくて、その上に乗れる代物だ。これも浮き輪なの？

よくよく見ると、プールの上には光る玉みたいなのが浮かんでて、その周囲で浮き輪に乗った女子も一緒にぷかぷかと浮きながら、のんびりと流されていた。

水の中に入っている人はほとんどいないなぁ。泳いでいる人は全くいない。どうやらナイトプールの遊び方は、泳ぐよりものんびりすることっぽいな。

七海と一緒に浮き輪をレンタルして、それをプールの上に浮かせてみる。割と広くて、確かにこの丈夫さなら二人くらい問題なく乗れそうだ。バランス崩したら落ちちゃいそうだけど。

そして、僕がプールの中に入ると七海も一緒に入ってくる。プールの水はそこまで冷たくなくて、少しぬるめ……ちょうどいい感じの温度だ。久しぶりの水着を着たまま濡れる感覚に懐かしさを覚えながら、さてじゃあ浮き輪に乗ろうかと思った瞬間だった。

僕のお腹辺りに、水とは違う温かいものが触れてくる。その何かは、僕の背後から伸びてきて、温かさは腹から腰……腰から背中と徐々に広がっていく。

水温と、その柔らかくも温かい何かの温度差で僕はクラクラしそうになる。なんせ、この場で温かいものっていったら一つしかないんだから。

「七海……？」

そう。水の中に入った七海が、僕にピッタリと身を寄せてお腹に手を回してきた。彼女は無言で僕の腹からみぞおちの辺りに手を這わせると、ゾクゾクとした何かが僕の身体を痺れさせる。

「触って良いって言ったから……ちょっとだけ……ね」

彼女の唇が僕の耳元まで近づいていた。耳元で囁かれたためか、彼女の吐息まで僕の耳にかかり更にゾクゾクとした何かが登ってきてしまう。僕の反応が面白かったのか、七海はそのまま耳元でクスリと笑った。

水着でピッタリとくっつかれているのに、意識は耳元に集中している。水の冷たさ、彼女の温かさ、僕の身体を這う彼女の掌……。プールの水温のおかげで何とか冷静になってる気がする。

「筋肉があるから硬いと思ってたけど、意外に柔らかいんだね……。力入れたら硬くなるのかな？　ちょっと力入れてみてよー」

「こ……こうかな？」

「あ、硬い硬い。凄いねぇ、お腹があったかくて硬いや。不思議な感じだなぁ」

耳元で喋りながら、七海は楽し気だ。僕は腹に力を入れてるけど、彼女が喋るたびにその力が入らなくなりそうになる。

とても長い間、僕は七海に触れられていると思ってたんだけど……実はそんなに時間は経過しておらず、彼女が離れるまでの時間はほんの数分程度だった。

彼女が僕から離れた瞬間……少しだけ寂しい思いと、ホッとした思いが僕の胸に去来する。何度味わってもこの肌の温もりが消える喪失感は慣れないなぁ。だけどまぁ、これ以上触れられないってのはちょっとだけホッとした。我慢的な意味で。

それから僕は、誤魔化すように浮き輪に乗ろうとして……ひっくり返った。

……そりゃそうか。水に浮いた状態の浮き輪に水の中から乗れるわけないよね……いや、浮き輪っていうから水の中から入るのかと思ってた。

背中から落ちて頭から水を被った僕は、そのまますぐに立ち上がる。全身が水に濡れるってホント久しぶりだ。七海はというと、僕の傍でビックリした顔をしていた。

「……てっきり、水の中に入ったのは誘ってるのかと思った」

だから一緒に水の中に入ったのか。全然そんなつもりなかったんだけどなぁ。

「いやぁ、水の中から乗れないんだねぇ。知らなかったよ」

「陽信って、たまに天然だよね……」

僕の言葉に、七海は大口を開けて笑っていた。僕もそれを見て笑ってしまう。ひとしきり笑った七海はそのままプールから上がる。水に濡れた彼女の身体は、なんだかさっきよりも色っぽく見えた。彼女の肌の上を、球状の水滴がツイッと流れる。

背中についている水滴が、そのまま下に流れて太ももからプールへと落ちた。落ちた水滴はプールの水面に波紋を作っている。

「こんな感じで乗るんだよ」

プールサイドに立った七海を、僕はプールの中から見上げる。下から彼女のしなやかな肢体を見つめていると、彼女は浮き輪をプールサイドに寄せてその上にあっさりと乗った。

なるほど、そうやって乗るのか。僕も七海に合わせる形でプールサイドに上がった。

浮き輪の上には、まるで人魚みたいな座り方をした七海がいる。彼女は僕がプールサイドに上がったのを確認するのとウィンクをしながら僕に手を差し伸べてきた。

「ほら、こっちに来て」

水着姿の七海が浮き輪の上に座っている。ただそれだけなのに、まるで芸術作品のようだ。身体に付いていた水滴は彼女の身体から滑り落ちて、浮き輪の上に溜まってそこに小さなプールを作っている。彼女が動くとパシャリと水滴が跳ねて、彼女の身体を再び濡らす。

近くに浮かんでいる淡く発光しているボールが、七海を水面から照らしている。水面にも彼女の姿がうっすらと映っていた。照らされた彼女の笑顔を見て、感動して泣きそうになる。

可愛いとか綺麗とか、好きだとか色んな気持ちがごちゃ混ぜになるけど、その気持ちがなんだか全て(すべ)幸福だった。

そして、こっちに来てと誘う彼女(かのじょ)を見て……僕はそのまま一歩を踏(ふ)み出す。浮き輪の上に乗るのは初めてだなぁと、おっかなびっくり一歩を踏み出して……浮き輪の上でバランスを崩した。

盛大にってわけじゃなく、本当にちょっとだけだ。だけど、幸いにして浮き輪はひっくり返らず……僕はそのまま七海に抱き留(と)められる。

真正面から水着の七海に抱きしめられて、ほぼ強制的に肌を重ねる形になった。そのまま僕は力なくへたり込(こ)んで、浮き輪の上で彼女に覆いかぶさってしまった。

力が入らなかったとか、我ながらヘタレすぎる。お互いの心臓の音がハッキリと感じられた。僕がドキドキしているのと同じか、それ以上に七海もドキドキしてる。

肌と肌を重ねると、こんなに直接分かるのか。服の上から抱きしめられた時よりもハッキリと分かる。ひんやりした水、温かな彼女の肌、そして……彼女の鼓動(こどう)。全てが鮮明だ。

少しだけ顔を上げると、七海の顔がすぐ近くにあった。

僕と七海は、重なり合ったままで……なんだかおかしくなって笑ってしまった。

そして七海は、さっきの逆ナンの台詞(せりふ)を再び口にする。

「水も滴(したた)るいい男のおにーさん、良ければ私とプールの上でのんびりしませんか？」

さっきよりも流暢(りゅうちょう)に、自然に、そんな言葉を口にする七海は僕の下でウィンクする。僕もその言葉に改めて答える。

「僕で良ければ、喜んで」

幕間　水面でのんびりと

浮き輪がプカプカと浮かんでいる。私達を乗せた浮き輪が、プールの中の水面の揺れに任せて流される。それは私達の意思ではどうしようもない動きだ。

緩やかな動きで、時間がゆっくり流れてるみたいで、周囲も薄暗いから下手したらウトウトしちゃいそう。一人だったらそうなっていたかも。

今乗っている浮き輪は、二人で並んで乗れるくらいの大きさだけど、私と陽信は並んでいない。でも、彼はすぐそばにいる。

「のんびりするねぇ……」

「あ……うん……そうだねぇ」

彼からちょっとぎこちなく答えが返ってきて、私は体重を後ろに預ける。こてんと首を傾けると、すぐそばには陽信の顔があった。

陽信は今、私のすぐ後ろで私を抱えるような形で浮き輪の上にいた。私は彼の足の間に身体を滑り込ませていて、彼がちょっと手を伸ばせばすぐに私を抱っこできるような状態

だ。

さっき彼が私の方に倒れこんできた時、凄くドキドキした。もっとドキドキしたのは陽信とちょっと離れた時だ。

水の中に落ちた彼は、髪の毛が濡れてぺったりと額に張り付いていた。それが気持ち悪かったのか、陽信は髪をかき上げて全て後ろにまとめる。いわゆるオールバックだ。

ちょっと筋肉質な陽信がオールバックにするって、その仕草含めて本当にドキッとした。ドキッとして、まともに顔を見られなくなって……結果私は落ち着くまでこの体勢になった。

こっちの方がもしかしてドキドキするのでは？　と思い至ったのはこの体勢になってからだ。気づくのが遅かったし、今更変えるのも変だなと思ってこのままでいる。

初美達は何してるのかなぁ。遊んでるのかな？　それとも私達とは別の場所でのんびりしてるのかな。合流したら聞いてみよう。

「ナイトプールって初めて来たけど、楽しいねぇ」

「そうだね。普通のプールとは雰囲気が全然違うけど、のんびりできるのは良いね」

確かにそうかも。あと、ナイトプールの特徴って、これもある気がする。私は浮き輪の上に置いていた防水ケースの中のスマホを手にする。プールで貸してくれたものだ。

　陽信も実はスマホを持っている。さっき落ちた時には壊れちゃったかなと思ったんだけど、防水ケースのおかげでなんともなかったようだ。しっかりケースに入れてたのがよかったみたい。

　スマホを持ってたことを思い出した時の陽信の慌(あわ)てようは凄かったなぁ……。ちゃんと起動した時の喜びようは凄く可愛かったけど。でも、なんで忘れちゃってたんだろ。何か忘れるようなことってあったっけ……？

　ともあれ、スマホだ。スマホがあるということは、写真が撮(と)れるということだ。私はさっきから、何枚か陽信と自撮りしてたりする。

　二人でピッタリくっついてる写真も沢山(たくさん)撮(と)れてホクホクだ。後で陽信一人の写真とか、スタッフさんに二人の写真も撮ってもらおう。

「そういえば、陽信は写真撮らないの？」

「あー……撮っていいの？」

「何を遠慮(えんりょ)してるのさ。水着だから？　別にいいのに」

　後ろの陽信が、こくんと小さく頷(うなず)くのが分かった。遠慮しなくていいのになぁ……と思いつつも、水着の写真が彼のスマホに残るのはちょっと……照(て)れ臭(くさ)いかも。

　その照れ臭さを押し殺して、私は陽信に言ってみる。

「今度、部屋で水着着て写真撮影する？　ほら、二人なら恥ずかしくないかも？」

「部屋で水着って……。そっちの方がマズくないかな？」

想像してみて……確かにそうかもって思った。なんだろう、露出度は下着と変わらないのにプールだと平気で、部屋だとちょっと恥ずかしくなるのは。不思議だなぁ。

ただ、陽信も私が良いよって言ったからか、こっそりと耳元で後で写真撮らせてねと囁いてくる。耳元で陽信に低い声で囁かれると、身体がゾクッとしちゃう。たまにして欲しいかも。

私と陽信はその後二人で、しばらくプールの上でのんびり過ごした。

ゴロンと寝転がったり、並んで座ったり、色んな体勢で色んな写真を撮ったり……まさかプールでこんなにのんびりできると思ってなかったなぁ。

「ナイトプールは今回初めてだけど、昼のプールにもデートで行ってみたいね」

そんな提案を陽信がしてくれる。確かに、夜のプールはのんびりできるけどお昼は沢山遊ぶようなイメージだ。それも良いなぁ、今度は二人で……と思ったんだけど……。

私は陽信のお腹辺りに手を這わせる。うっすらと腹筋が割れてて、筋肉が付いて引き締まってるけどちょっと柔らかめのその身体。……お腹が引き締まってるの羨ましいなぁ。

「昼間だと、陽信がナンパされないか心配だなぁ。良い身体してるし」

「七海……それ僕の台詞……」

　だって、ホントに良い身体してるんだもん。私別に筋肉フェチとかじゃなかったのに、陽信の身体はカッコいいなって思うんだよね。

　お互いに相手のナンパの心配をして……私達は苦笑して顔を見合わせる。まぁ、いつも二人でいたら大丈夫だよね。

　さて、充分のんびりしたし……そろそろ移動しようかって時になると、陽信は私に浮き輪の上に乗っててねと告げて、ドボンとプールの中に飛び込んだ。

　どうしたのかなと思ったら、私の乗っている浮き輪が勢いよく動き出した。見ると陽信が浮き輪を引っ張って移動してくれているみたい。

　さっきまでのゆったりした動きとは違って、水面をちょっとだけ勢いよく移動するのが面白くて私ははしゃいでしまう。贅沢を言えば陽信と一緒にはしゃぎたかったけど、そうなると移動できないから困りものだ。

　やがてプールサイドに辿り着いたら、陽信はそのままプールから上がる。そして、私の方へと向き直ると私に向かって手を伸ばす。

「……お手をどうぞ」

　なんて照れながら、洒落たことを言ってきた。締まらないのは言った後にすぐ吹き出しちゃったことかな。でも、そんな所も彼らしいなと思いながら私は彼の手を取って立ち上がる。

ちょっとふらつきながら、私はプールの上の浮き輪からプールサイドに降り立った。それから、借りてた浮き輪を返したんだけど……。

なんだかさっきまで水上をふわふわしてたからか、硬い地面にちょっとした違和感がある。それは陽信も一緒なのか、二人してちょっと足取りがぎこちない。

この違和感はしばらくすればなくなるかなと思ったんだけど、私は逆にこれを利用して……陽信にピッタリくっついて腕を組んだ。

私がいきなりくっついて腕を組んだからか、陽信はビックリしちゃって身体を震わせる。さっきまで浮き輪の上でくっついてたのに、おかしいの。

「えへへ、ちょっとふらつくから支えてね」

そんなことを言ったら、陽信は困ったように頬をかいて……だけど黙って私が腕を組みやすいように腕を動かしてくれた。改めて私は彼と腕を組む。

浮き輪のおかげで、最初にあった腕を組むことに対する照れとかが払拭されたのは大きいなぁ。プールから上がって肌寒いからか、余計に体温が心地いい。

しばらく二人でくっついて歩いて散策する。施設内は薄暗いけど、照明で照らされて綺麗だった。夏に花火をやったら綺麗そうだなぁと思うけど、そういうイベントってやってるのかなぁ？

そしたら、バーみたいなところがあった。どうやらプールサイドで飲み物が飲めるみたい。アルコールしかないのかなと思ったけど、ソフトドリンクもある。

「喉渇いたし、ちょっと休んでいこうか？」

「いいねぇ。なんか大人になった感じ」

カウンターだけのお店で、近づくとますますテレビで見たバーっぽい。私と陽信は隣り合って座って、飲み物を注文した。もちろん、ソフトドリンクだ。

少しして……ドリンクが運ばれてくる。なんだかこの暗い中で飲むドリンクは不思議な感じがする。ストローのささったグラスがやけに綺麗に見える。

私はグラスを両手で持って、陽信に小さく傾ける。それを見て彼は察してくれたのか……自身の前のドリンクを片手で持って私のグラスに軽くぶつける。

ガラス同士がぶつかる、カチンという乾いた綺麗な音が小さく鳴り響いた。

「乾杯」

「かんぱーい」

ホントに、大人になった気分だ。こうやって乾杯ってした事あったっけ？　初めてかもしれない。私はストローで、陽信は直接グラスに口をつけて飲む。

思ったよりも喉が渇いていたのか、冷たい飲み物が喉を滑り落ちる感覚がどこか心地よかった。雰囲気もあってか、いつもより美味しく感じるなぁ。

私と陽信はそのまま、今日あった色々なことを話した。音兄達に会ったことや、水着選びが楽しかったこと……さっきの浮き輪の上でくっついたこととか。

彼の手で移動する浮き輪が楽しかったので、今度はお昼のプールでウォータースライダーに乗ろうかとかも話した。それなら二人一緒に楽しめるよね。

陽信が、ビキニだとポロリといっちゃうんじゃないって心配してたのが……ちょっとだけ恥ずかしくて思わずぽかりと叩いちゃった。でも確かにそうだよねぇ……昼間のプールの時はワンピースタイプにしようかな。

ビキニの方がスタイルよく見えることが多いから、なるべく身体が綺麗に見えるワンピース探さないとなぁ……。今後のお金も心配だし、ちょっとバイトしたいかも。

今日の水着はプレゼントしてもらえたけど……と思ったら、陽信もバイトしたいらしい。一緒にできたらいいなとか考えるけど……イチャイチャしたくなるからバイト先は別々の方がいいかもとか……そんなことを話す。

お喋りに夢中で、私達は音兄達との集合時間を過ぎていることに気づく。本当に、楽しい時間はあっという間とはこのことだ。

合流場所に移動する前に……ちょっと冷えちゃったんで、私も陽信もお花摘み（はなつみ）に席を立つ。私と彼が別々に行動したのはこの時だけだった。

なんだろうね。

好事魔多（こうじま）しって、こういうのを言うんだろうか。

私としては気をつけていたつもりなんだけど……気が緩んでたのかもしれない。いや、こういうのは気をつけてても仕方ないいんだけど……。

「お姉さーん、一人ー？」

「俺等と遊ばないー？　いくらでも奢（おご）っちゃうよ～？」

ナンパだ。

昔は初美達と一緒（いっしょ）のことが多かったし、私は基本的におとなしめの格好をしてたから、初美達がナンパされても私が対象になることはほとんどなかった。ここ最近は陽信と一緒だったからナンパ自体されることもなかった。

だから非常に久しぶりのナンパなんだけど……。実は私はこの時、自分がナンパされているって気付いていなかった。なんだったら全く気付いていなくて、ガン無視の状態だった。

しばらく彼等は喋ってたんだけど……私はそこでようやく自分に話しかけていることに気付いた。でも……怖いとも何とも思わない自分に驚いた。

以前は初美達がナンパされているとはいえ、一緒にいた私はナンパ自体が怖くて何も言えずに初美達に守ってもらっている状態だった。

その頃の私なら怯えて震えて、逆に付け入る隙を与えてた気がする。

でもまぁ、震えなくても不快なのは変わらない。身体にばっかり視線が来るこの感じ。この感覚は久しぶりだなぁと思いつつも、懐かしさとかは覚えない。

むしろ、久しぶりだとはいえ味わいたくなかった視線だ。

このまま無視してたら諦めると思うんだけど、視線は不快だしどうしようかなと思ってたら……陽信が来てくれた。

彼は私を庇うように二人のナンパ男の前に立つと、毅然とした態度で一言だけ告げる。

「僕の彼女に何か用ですか？」

その一言と毅然としたその態度に、ナンパ男達は圧倒されたのかボソボソと何かを言ってどこか卑屈な笑みを浮かべながら立ち去って行った。

彼の背中が凄く頼もしくて、男らしくて……キュンとしてしまった。ただ一言言ってくれただけなのに、守ってくれたその事実が嬉しかった。

彼は振り向くと、私を安心させるような温かな笑みを浮かべてくれていた。

「七海、大丈夫だった？　ごめんね一人にさせなきゃよかった」

私は小さく首を横に振る。こんなの予想できないもん、仕方ないよ。さすがにお花摘みまで一緒に行くわけにはいかないし……。

「ううん。ありがとう陽信。こうやってナンパから助けてくれるの……二度目だね」

「そういえばそっか……あの時はなんとも情けない助け方だった気がするよ」

「そんなことないよ、あの時も今回もカッコよかった。惚れ直した」

感激した私は陽信に抱き着いて……そのまま彼にキスしようとする。

そしたら……その場面をタイミングよく迎えに来た音兄達に見られちゃった。

「……ごめん、邪魔した」

音兄達に謝られたけど、さすがにその場ではそれ以上できなくて……帰りの車の中で、私はこっそりと陽信にお礼のキスをするのだった。

第四章　あなたに愛を

継続は力なり……という言葉がある。

かなり有名な言葉なので、知らない人はいないんじゃないだろうか。僕も物心つく頃にはもうこの言葉を知っていたような気がしている。

実際には誰かから聞いたんだろうけど、誰から聞いたのかも覚えてないくらいに身近にある言葉だ。とても良い言葉だと思うし、日々こうありたいと思っている言葉でもある。

だけど恥ずかしい話、僕はこの言葉の意味をつい最近まで誤解していた。いや、誤解と言ってしまうと少し語弊があるかもしれないけど、少なくとも僕はこの言葉を『何事も続けることが大事』という意味で捉えていた。

ゲームをやることもそうだし、最近だと日々の勉強とか、料理とか……そういう新しく始めたものについてもとにかく続けていくことが力なんだと思っていた。継続力というやつだ。

だけど、僕の認識には視点が一つ欠けていた事に最近になって気が付いた。

それは成果だ。

何故か僕は継続は力なりという言葉を、成果よりも継続が重要と捉えてしまっていた。

説明が難しいんだけど……誤解を恐れず言うと、結果が伴わなくても継続したこと自体が素晴らしいという意味で捉えていた。

いや、努力自体は素晴らしいと思うんだけど……その努力が間違っていたら？　目的意識もなくただダラダラと続けていたら？　残念ながらその場合はいくら継続していても意味がないだろう。

うーん、ちょっと僕の語彙力だと言い表すのが難しいな。

まぁ、その言葉の意味を長々と語っても仕方がない。重要なのは僕がその言葉を間違えて捉えていたことと、間違いに気づいた今、これからどうするのかということだ。

僕と七海の罰ゲームに端を発する交際について、僕と七海の間で決着はついたし……周囲の人々への説明もようやく一段落したと言える。

物事はキレイに終わらせる方が難しいと聞いたことがあるけど、まさにそんな感じだったな。それだけ七海が周囲から愛されていたとも言えるんだろうけど。

これでようやく僕と七海の交際も再スタートできるし、後は順調に交際を続けていこう

……そう思っていた。

もちろんそこに油断も慢心もないけど、どうしても気が緩んでしまっていたのは事実だと思う。だから、音更さん達の彼氏……総一郎さん達と色々な話をした時には衝撃を受けた。

例えば、総一郎さんだ。

彼は義妹であり、彼女である音更さんのために日々の努力を怠っていない。彼がシスコン・チャンピオンと呼ばれているのもそのためだという。

彼は自身の義妹に対する溺愛ぶりを一切隠していない。隠してないどころか様々なところで語っている。それもこれも……何かあった時に音更さんを守るためのようだ。

義妹と付き合っていることは公表してないけど、いつか結婚する時は公表することになるだろう。その時に……世間では理解されにくいであろうことを認識していた。

だから義妹を溺愛しているというキャラクターを演じて、もしも、万が一、自分から公表する前にスキャンダルという形で交際が発覚しても……音更さんのダメージが少なくなるようにしているんだとか。純粋に惚気たいという想いもあるようだけど。

当然、この対応は音更さんも了承している。最初は反対してたけど、音更さんが折れたらしい。

将来に向けての行動は、お互いに了承したうえで、将来に向けて行動している。居辺さんも同様だった。

居辺さんは研究職らしくて、一人暮らしをしている。家に帰らずに缶詰になることもしばしばあるそうで……神恵内さんと付き合う前はかなりひどい生活をしていたと聞いた。

それが、神恵内さんと付き合うようになってからはかなり改善したんだとか。付き合うまでは紆余曲折あったらしいけど……今では良い関係を築けているらしい。

仕事が忙しい時は神恵内さんが家事をして居辺さんの帰りを待って、居辺さんはそんな神恵内さんに感謝を示しつつ、それを当たり前のものと思わないように可能な限り一緒の時間を過ごすようにしている。

話を聞いている限りでは理想的な恋人関係だと思う。だけど、問題は周囲らしかった。

この周囲の問題について、最初居辺さんは相手の両親に認められてないって言ってたので僕は交際を反対されているんだとばっかり思っていた。神恵内さんとは幼馴染だけど、二人は年齢差がかなりあるしね。

だけど実際にはちょっと違っていて……神恵内さんの両親は居辺さんに対して自身の娘で本当にいいのかって心配して、居辺さんの両親は神恵内さんに対して自身の息子でいいのかって心配しているんだとか。

特殊なケースだと思ったけど、反対は反対。だから、居辺さんは神恵内さんの両親に認めてもらうために自分の中で一つの誓いを立てた。

それは、神恵内さんと結婚するまでは絶対に手を出さないというものだ。そのため交際も非常に清く正しいものになっていて……これなら親御さんも安心だろうと思っていた……思っていたらしいんだけど……。

逆に神恵内さんは……なんと居辺さんに手を出させようと画策してるんだとか……。そんなことやってるから自分の両親に心配されるんじゃ……？

この二人の交際関係は周囲には推し量れないと総一郎さんも言っていたけど、お互い相手のために行動をしているという点では見習うべきものがある。

……七海が僕に手を出させようとしたら止めるけど。

とにかく、この辺りの将来に向けての行動、視点が僕には欠けていると二人を通して感じていた。ただ漠然と付き合っているだけでは……ダメなんじゃないかって。

「だからまぁ、七海と付き合い続けていくにあたって僕も将来を意識しないとダメかなと」

「真面目すぎない⁉」

僕の説明に対して、七海からの元気なツッコミが飛び出した。

将来の夢はまだ漠然としていたので、僕としてはあの二人を見習って将来の目標を持とうかなと思っていたわけなんだけど……。よく考えたら、こっちもさっきまでの話の流れで話題にしただけだから、具体的に何かあるわけじゃないんだよね。

七海はちょっとだけ呆(あき)れたように、少しだけ嬉しそうにしている。

「そうかなぁ？」

「真面目だよ、真面目すぎるよ。高校生でそこまで考えて付き合う人っていないと思うよ？」

「……まぁ、いないかもねぇ」

他のカップルって音更さん達しか知らないけど、それでも普(ふ)通(つう)の高校生の考え方じゃないだろうことは想像に難(かた)くない。

それでも、あの二人の姿勢には見習うべきものがあると思うんだ。

お互いのことを考えて、相談して、一緒に歩んでいく。それは簡単なようで、ひどく難しい気がする。

「七海はそういうの重たくて嫌(いや)かな？」

「嫌じゃないよ。全然、嫌じゃない。むしろ嬉しい」

嫌じゃないと言われて、僕は少しだけ胸をなでおろした。いや、そもそも七海がその考え方は重たくて嫌って言ったらやめようと思ってたから。

嬉しいとは言ったものの、それでも七海は思うところがあるのか少しだけ考え込(かんが)むように腕(うで)を組んで、そのまま身体全体を僕に傾ける。

身体柔らかいなぁと感心していたら、七海は斜めのままで少しだけ眉を顰めていた。

「陽信って、そういう真面目なところちょっとだけ修兄に似てるかも。修兄の方が思い詰めやすいから、こうして相談してくれるのは嬉しいね」

見事なバランス感覚で斜めのまま話を始める七海だけど、体勢辛くないんだろうか……？　と思ってたら、プルプルしだした。戻るのかと思ったら、特に戻らずそのままだ。

「似てるの？」

「うん。将来を意識してって言葉……歩と付き合い始めた頃の修兄がよく言ってたからさぁ」

七海が兄と慕う人に似てるって言われるのは悪い気がしない。普通、こういう場面だと相手に嫉妬するんだろうけど、彼女がいるおかげで嫉妬心も湧かないし……。

僕が密かに喜んでいたら、気が付くと斜めになってプルプルしてた七海が今にも倒れそうになっていた。それならやらなきゃいいのに……と思ったけど、本格的に倒れそうになる。

慌てた僕は、七海を支えようと彼女に近付いていった。それを見越していたのか……七海は僕が近づいたとたんに僕の方に倒れこんできた。

倒れこんできた七海を、僕は両腕を広げて優しく抱き留めた……んだけど、体勢が悪かったからか堪えることができずにそのまま押されるように倒れてしまう。

……七海、これ絶対にわざとやったでしょ？

いや、だってさ……僕の上に乗った七海は足を楽しそうにパタパタさせている。僕の胸辺りに手まで這わせてきて、僕の背筋がゾクゾクしてしまう。

「な……七海?!」

「んー、ちょっと待っててねぇ」

そのまま七海は何かを確かめるように、僕の上半身に手を這わせる。胸、お腹、肩、腰……完全にランダムに、とにかく手を当てては感触を確かめるように軽く力を入れる。

くすぐったいような感覚に僕が身を捩ると、七海はそれが面白いのか更に身体をまさぐってくる。僕は思わず声を上げて笑ってしまう。

「な、七海ちょっとくすぐったい！　やめっ……！　そこはっ……!!」

「うりうり～、ここー？　ここがいーのー？　もっと私に身を委ねなさーい♪」

そのまましばらく、七海は僕の身体をくすぐり倒す。どれくらいくすぐられていただろうか……それが終わった頃には、僕は笑いすぎてグッタリとしてしまっていた。

「……やりすぎた」

「な～な～み～……!!」

グッタリとした僕に馬乗りになりながら、七海は冷や汗をかきつつ引きつった笑みを浮かべていた。さすがに僕も今回ばかりは七海が楽しそうで何よりですとは言えず、恨みがましい声を出す。

笑いすぎて肩で息をする僕を見下ろしながら、七海は僕の眉間のあたりに指先を触れさせた。僕の視線は自然と彼女の指先へ注がれる。

「陽信、肩の力抜けた？」

「へっ？」

七海はそのまま、その細い指で僕の眉間を優しく撫でる。つうっと撫でたあとに、その指を僕から離すと、自分の眉間へと持っていった。

「さっきまでの陽信、力入りすぎて眉間に皺寄ってたよ？　それだけ真剣に考えてくれてるってことは嬉しいけど……入りすぎると疲れちゃうよ」

指摘されて僕はゆっくりと自分の眉間を触る。気が付かなかったけど、そんなに皺が寄ってたんだろうか？　今はすっかり戻ってて、どうなっていたのか分からない。

七海はそのまま僕の手をとると、自分の方へと優しく手を引く。そのまま、彼女は自分の眉間に僕の手を触れさせた。

そんなところに触れるなんて思ってもいなかった。普段なら……絶対に触らない場所だし、やすやすと人に触らせない場所でもあるだろう。

反射的に少しだけ指を動かして、その部分を撫でるような形になってしまう。滑(なめ)らかな感触が指先にだけ伝わって、七海もそれと同時に声を漏(も)らした。

「どうせならさ、二人のことだし楽しく行こうよ。肩の力抜いて、自然体で……」

そっかぁ……僕は力が入りすぎてたか。七海が僕の手を離すと、力なくぱたりと手を床(ゆか)に置いた。そのまま地面に体重を預けるように、身体全体から力を抜く。

「七海のお兄さん的な人に会って、ちょっと無意識に焦(あせ)ってたのかなぁ僕」

「そっか、焦ってたかぁ」

「うん……将来の夢の話もそうだったのかも」

「というか陽信、あの二人は社会人なんだから、私達とは視点が違うんだから、無理して考えなくてもいいと思うよ？　私達まだ高校生なんだし」

「確かにそうかもねぇ。早く大人になりたいような、なりたくないような……」

「あはは、一緒にゆっくり行こうよ。のんびりとさ」

七海に対して卑屈にならないようにとか、隣(となり)にいても恥(は)ずかしくないようにとかは今まででずっと意識してた。だけど前向きになりすぎても……前のめりになりすぎてもダメなんだろうな。

「それにさ、さっきの継続は力なりっての……間違いじゃないと思うよ？」

「えっ？」

七海のその言葉に、僕は顔を軽く上げる。僕を見下ろす七海は、優しい笑みを浮かべながら僕の胸の辺りに両手で触れる。またくすぐられるのかと身構えたんだけど、そんなことはせずに七海はただ僕の胸の辺りに触れただけだった。

「結果を求めなくても、続けるってのはそれだけできっと凄いことだよ」

「……そうかな？」

僕の疑問に、七海は満面の笑みで答えてくれた。僕が悩んでいたことに、七海はあっさりと答えを出してくれる。彼女から肯定されると、僕の気持ちはそれだけでとても軽くなった。

……今日は七海からよく励まされる日だな。

七海はうんうんと頷きながら、僕の頭をそのまま優しく撫でてくれる。腰の辺りに馬乗りになってのことなのでちょっとだけ不思議な気分になった。

これ、絵面どうなってるの？　誰かに見られたら襲われているように見えるんだろうか。

「……子供扱いだなぁ」

「そんなことないよ。あ、でも……大人だって甘えたい時あるって聞くし、たまには良いでしょ。こういうのオギャるっていうんだっけ？」

「待って?!　どこで覚えたのそんな言葉?!」

いきなり出てきたとんでもない単語に、思わず僕は腹筋運動のように上半身を勢いよく起こした。あ、これやばいかも？

反射的にやったから忘れてたけど、僕に馬乗りになっていた七海はちょうど腰に座っていたからこのままだと……。

僕は七海が倒れないように素早く彼女の背中を支える。そして頭がぶつからないように起こしていた上半身の勢いを殺す。

鼻先が触れるほどの至近距離に七海の顔があった。……勢いがついてたら顔がぶつかってたかな、もしかして？

急な僕の行動に、七海は目を見開いて驚いている。僕は顔がぶつからなかった事に安心して、そのまま彼女の肩に自身の顎を載せて大きく息を吐く。それと同時に、七海の身体がピクンと少しだけ跳ねた。

「あ、あの……えっと……。こないだその、ピーチちゃんから教えてもらって……」

ピーチさーん!!　七海に何教えてるの?!　よりによってオギャるを教えるとか七海をどうしたいのいったい?!

僕が困惑（こんわく）していると、七海のフッという息の音が聞こえてきて……そのまま彼女は僕の背中をポンポンと叩いて、今度は僕の身体が大きく跳ねる。

「……あんまり変なこと言わないでよ。心臓に悪いからさ」

「アハハ。陽信、私にオギャりたくなったらいつでも遠慮なく言ってよね？」

ポンポンと僕の背中を叩きながら、七海は楽しそうに笑うのだった。

「えーっと、今日はカットだけでいいのかしらァ？　なんならカラーリングもやるわよォ？」

「ええ、カットだけで。染めるのは基本的に校則違反（いはん）ですし……。まぁ、ほとんど黙認（もくにん）されてますけどね。でも、僕には似合いませんから」

「そんなことないと思うけど……。もしもやりたくなったら言ってね？　サービスするから？」

「ありがとうございます、トオルさん。その時はよろしくお願いします」

僕は今日、七海と一緒に美容院に来ていた。トオルさんにお会いするのも久々だ。

七海がそろそろカットとかカラーとか……あとパーマ？　トリートメント？　僕には良く分からないけど、そろそろそれらをしたいらしく、どうせなら僕の好みにしたいということだ。

僕としては、七海なら奇抜でなければどんな髪型も似合うと思うんだけど、どうしても彼女は僕の意見を取り入れたいとのことだった。

だから僕は慣れないファッション誌を見ながら、七海に色々と教わりつつ、こういうのがいいんじゃないとか話をしていた。それはそれで面白いひと時だったんだけど……。

そうやって話しているうちに、七海は僕の提案をほとんど受け入れてくれていることに気づく。

僕がちょっと首元にウェーブのかかった髪が似合いそうと言えばそうすると言うし、色は明るすぎるより少し暗めがいいかなとか言えば染めるかなとか考えていた。

七海の好みにしていいんだよと言ったら、せっかくだし僕の意見を取り入れたいと張り切って嬉しそうにはしゃいでいる。それはなんだか、七海が僕好みに染まるようで……変な罪悪感と同時に、よく分からない高揚感があったのを覚えている。

何というか、身を委ね過ぎると毒になりそうな……ゾクゾクするというか、正直に言うとヤバイ感覚だった。その時にバロンさんが前に言っていた、行き過ぎると束縛になる……という言葉が頭をよぎったくらいだ。

あれはちょっと自重しないとと、僕は肝（きも）に銘（めい）じる。それと同時に、七海にも僕が感じていた思いを伝えた。色々台無しかもしれないけど、隠して悶々（もんもん）とするよりはよっぽどいい。

すると七海はちょっとだけ照れながらも、なんだか嬉しそうに『うーん……陽信も独占（どくせん）欲（よく）が出るようになったんだねぇ』とか感慨深（かんがいぶか）げに言ってきた。

『いや、なんで嬉しそうなのさ？　それにこれって独占欲……なのかな？』

『いや、よく分かんない。でも陽信って、今までそういう事はあんまり言ってこなかった気がするからさ。なんていうの、常に私を尊重してくれてる感じ？』

『えっと……嫌だったかな？　束縛しすぎとか、独占欲強すぎとか？』

『んーん、嫌じゃないよ。それくらいなら可愛（かわい）いものだし。それにさ……』

七海は一度言葉を区切ると、少しだけ余裕（よゆう）を見せつけるように、人差し指を唇（くちびる）の前に持っていく。

『陽信になら……どんな風に染められてもいいかなー……って思うよ？』

何かを誘（さそ）うように小首を傾（かし）げながら、七海は妖艶（ようえん）な微笑（ほほえ）みを浮かべた。それを見た瞬間（しゅんかん）、ドキリとした僕の頬は一気に熱を持ち、心臓が早鐘（はやがね）を打つ。

そして七海は僕の反応を見てから人差し指を口に当てたまま……プルプルと身体を震わ

せて、瞬時に僕よりも真っ赤になった。

お互いに真っ赤になった僕等は顔を見合わせると、思わず笑ってしまう。

『七海……無理してそういうセリフを言わなくてもいいんだよ？』

『いやいや、無理はしてたけど本音だから！　大丈夫だから！　陽信だったらいつでもバッチ来いだからね！』

そんなことを言うけれども、無理してるのは明らかだ。相変わらず可愛らしい自爆っぷりに僕はますます笑ってしまい、七海は少しだけ口を尖らせるが、やっぱり笑顔だった。

そしてひとしきり笑い合った後、僕らは美容院の予約を二人分取って……一緒にトオルさんのお店に来たわけだ。僕も髪が伸びてきたから、どうせならトオルさんに切ってもらいたいなと思ってたし。久々にお会いしたいというのもあったからね。

そして今に至る。

でも、僕が髪を染めたらって言われるとは思わなかった。今時なら染めるくらい普通かもだけど、想像がつかないんだよね。

そういうことをやる度胸もないというか、踏ん切りがつかないというか……。

トオルさんにも言ったけど、そもそも似合わないと思うんだよ。未だにピアスとかも怖いし。耳に穴開けるって。七海はよくできるよなぁ……。

そんなことを考えながら、僕はトオルさんにカットのみをしてもらっている。

七海は僕の横の席で、パーマの処理をしてもらっている最中だ。あんまり聞いたことないけど、こういうのは美容院デートとでも言うのだろうか？

しかし女性というのは美容院でこんなに大変なのかと、七海を見て思い知らされた。

トオルさんが僕のカットに入ったのも、七海の待機時間に合わせての事だからだ。

現在、七海は巻いた髪の毛が何かの機械に繋がっていて、さらに周囲にはよく分からない円形の機械がいくつか置かれてる。

こういう表現が適切か分からないけど……。なんか、近未来的ですごくカッコいいな。

美容院の機械ってこんなにカッコ良かったの？　ちょっとしたサイバー系の作品とかそういうものを見ているような錯覚を覚える。

頭に機械をつけるって……それはやってみたいかも……。

「陽信……そんなに見られると照れるんだけど……。こういう状態って基本的に見られるのはちょっと……」

まじまじと僕が見ていたことで、読んでいた雑誌で顔を隠しながら七海はほんの少し頬を染めた。

カッコいいから見ていたんだけど、ちょっと不躾な視線だったかもしれない。

「ゴメンゴメン、なんか頭に色んな配線とかついててカッコいいなぁって思ってさ」

「……これってカッコいいの？　正直、その辺の男の子の感性が良く分かんないんだけど……。ねえ、トオルさんカッコいいのこれ？」

「そうねェ、確かに男の子にはカッコよく見えるかもねェ。私は商売道具だから見慣れてるけど」

トオルさんはニコニコしながら僕の髪にハサミを入れていく。相変わらず、綺麗な技術だ。

そういえば前回はカットモデルという事で無料でやってもらったのだけど、今回はいくらくらいなんだろう？

千円カットしか使ったことないから、値段とか調べてなかったんだよな……。まぁ、お金は持ってきてるから大丈夫だろう。

「陽信君、興味があるなら今度やってみる？　今日はもうカットしちゃってるから、もう少し伸ばしてからの方が似合うと思うけど……きっとカッコよくなるわよォ」

「僕がパーマですか……？」

「あ、陽信のパーマ当てた姿……私も見てみたいなぁ。きっと似合うと思うなぁ……」

うっとりとした表情を浮かべる七海なのだが、あいにくと僕は自分に似合うとはとても思えなかった。まぁ、七海が喜ぶならやってみてもいいのだけど……。

いや、僕は七海ほど成績が良くないから唐突にそんなことをやったら教師陣に問題にされる可能性があるな。黙認も成績が良いならって感じなんだよね。

七海はそんな僕の心情を知らずに、既に僕のパーマ姿を想像しているのかちょっと恍惚とした表情を浮かべている。可愛いけど、パーマ当てるの決定事項なの？

どうしようかなと僕が悩んでいると、トオルさんから一つ提案された。

「そういえば、もうちょっとしたら二人の学校も夏休みよね？　だったら、夏休みの間だけやっちゃえば？」

「夏休みの間だけ……ですか？　あれ？　なんでトオルさん、うちの学校の夏休み知ってるんです？」

「そりゃ、初美ちゃんがバイトしているから聞いてるわよ」

あぁ、そっか。音更さん、ここで働いてるんだもんな。それなら知ってるか。

疑問が一つ解消されたところで、もう一つの疑問だ。夏休みの間だけって……どういうことだ？

「夏休みデビューってやつですか？　でもそれ……何か恥ずかしくないですか？　夏休み明けたら髪染めてパーマって」

僕は自分がそうなった後の夏休み明けの登校風景を想像する。イメージチェンジして入ったのに誰も反応してくれない教室内……背筋が寒くなる。

おぉ、怖い……。大きく変化しても誰も反応してくれないって辛いんだけど。

「大丈夫だよー。少なくとも私と初美と歩は反応するから」

自分で想像してダメージを受けていると、横の七海が僕を安心させるように笑みを浮かべてくれる。そっか、七海がいるから反応ゼロではないか……。

でもなんか……うーん。

「あー、誤解を与えちゃっているようだけど……正確に言うと夏休みの間だけデビューかしらねェ？」

ちょっとだけ苦笑を浮かべているトオルさんが僕に正確な情報を伝えてくる。間だけ？

間だけってどういう事だろうか？

僕は首を少しだけ傾げる……。正確にはトオルさんにカットの都合で少しだけ首を傾けられただけなのだが、今の僕の心情を表している姿だ。

そんな僕に、トオルさんは説明を続けてくれた。

「例えば、夏休み前に軽くパーマを当てたり、毛先だけほんのちょっと染めて気分を変えてみるのよ。夏休みが終わる頃には染めた毛先はカットすればいいし、パーマもある程度はとれてるんじゃないかしら？」

へぇ、そんなやり方があるのか。ちょっと目から鱗な提案である。

ちょっと裏技チックというか……ズルいかもしれないけど、確かに休みの間だけであれば会う人は限られてるし、学校に行くこともない。

先生に会ったら何か言われるかもだけど、確率は低いだろうし学外ならそこまで強くも言われなそうだ。

「うふふ、そうしてもらえれば私の方もお客さんが増えて、ＷＩＮ－ＷＩＮなのよねこれ。あ、もちろん料金はサービスするわよ？」

おぉ、トオルさん商売上手だなぁ。七海の希望とトオルさんの提案で僕の心はかなり傾いていた。

「それいいですね！　それなら陽信も学校に変なこと言われないし、何より夏休みの間だけだからその姿を見るのは私だけにできそう！」

「七海……お前もうちょっと独占欲抑えろ……。後、店の中でイチャつくなよ……羨ましいだろ」

ノリノリの七海に対して、冷静なツッコミが聞こえてくる。声の主は音更さんだ。その手には紅茶とお茶菓子があった。これから休憩なのかな？

「あれ、初美。いたの？」

「いたよ、バイト中だもん。はい、紅茶とお茶菓子持ってきたよ。どうぞ」

「あ、ありがとー。今日はクッキーだぁ、嬉しい。ここの美味しいんだよね」

……え？　美容院ってお茶とお菓子とか出るの？　凄いなぁ、至れり尽くせりだ。七海は嬉しそうにクッキーを口に運んでいる。

「簾舞にも持ってきたけど……カット中なんだよな。お菓子、私が食べさせてやろうかー？」

ニヤリと意地の悪い笑みを浮かべた音更さんに苦笑し、断りを入れようとした瞬間……彼女の後ろから物凄く低い声が聞こえてくる。

「初美……？」

まるで地獄の底から響くような、聞いたことのない低音の七海の声……そして見たこともない鋭い視線を音更さんに向けていた。

「じょ……じょ……冗談だから、そんな怖い顔するなよ。可愛い顔が台無しだぞー。ほら、七海笑ってー？　簾舞も七海が怖い顔してたら嫌だよな？」

「……いや、これはこれでとても綺麗だよ。鋭い視線が声の低さと相まってカッコいいし、普段の可愛らしさとのギャップが素晴らしいよ」

僕がカッコいいと言ったことで、七海は先ほどまで鋭かった目をふにゃっと垂らして恥じらう姿を僕に見せた。

残念、もうちょっとカッコいい所を見たかったんだけど……。まぁ、仕方ないか。

「あ、音更さん。クッキーはありがたく後でいただくから、置いといてくれるかな？」

「なんなのあんたらカップルは……」

「なんか店内の空気が甘くなった気がするわァ……気のせいかしらァ？」

音更さんは少々呆れながらも僕の前にクッキーを置いて、仕事に戻っていく。トオルさんのカットももうすぐ終わるようで仕上げに入っていた。

「二人とも、今日はこの後の予定はあるのかしら？」

「あぁ、特に予定は決めてなくて……たまには二人で街をブラブラしようかなって話してたところです」

「それじゃあ先に陽信君の方が終わるから、七海ちゃんが終わるまでスタッフルームで待っててくれる？」

「ありがとうございます、迷惑じゃなければお言葉に甘えます」

非常にありがたい申し出である。今も待合スペースには何名かの女性がいて、その中で男一人で待っているのはちょっと迷惑になりそうだったんだよね。あと、僕の気持ち的にも落ち着かない。

「迷惑じゃないわよォ。それじゃあ、楽しみにしててねェ？」

ん？　楽しみに？

トオルさんのその一言が少しだけ気になったけど、僕はシャンプーされる気持ち良さに身を委ねて、その言葉の意味については深く考えなかった。

カットの仕上げを終えた僕は、音更さんに店の奥のスタッフルームらしき場所へと案内された。トオルさんにそこで待っていてねと言われたのでお言葉に甘えることにしたけど……見慣れない場所に少しだけ緊張感を覚えてしまう。

なんか、オシャレな場所ってソワソワしちゃうよね。僕だけかな？　なんとなく場違いっていうかさー……。

なんだか廊下一つとってもオシャレだし、まるで違う世界に迷い込んだみたいな気分になる。

異世界召喚とか転生ものの主人公って、こんな気分なんだろうか？　まぁ、僕はどうやっても主人公にはならないだろう。せいぜいモブキャラがいい所だ。

そんなことを考えている間に通された一室は、整理整頓が行き届いた白を基調とした割と広めの部屋だった。

「今、お茶持ってくるからさ。ソファにでも座って待っててよ」

「あ、おかまいなく……」

一人取り残された僕は、少しソワソワしつつも見慣れないその部屋を観察していた。

部屋には大きな姿見があり、大きな白い布が天井から垂れ下がっている。棚には見たことのない機材が綺麗に並べられていた。

狭苦しい感じはない。実際に広いんだけどね。それでも白い壁紙の影響かより広く感じられる。

ちょっと寂しい。七海、早く来ないかなぁ……。

スタッフルームと聞いたけど、そういう部屋はスタッフさん達がくつろぐための部屋なんじゃないだろうか？　ここはなんだかそういうのとは少し違う雰囲気がある。

少しだけ既視感のある造りだ。ここは美容院のスタッフルームというよりは……。

「スタジオ……？」

そうだ、スタジオだ。

この部屋すごく洒落た感じだけど、映画とかのメイキング映像で出てくる撮影スタジオにそっくりなんだ。布とか、部屋の造りとか。カメラはないけど。

そう思うと、ほんの少しだけ緊張が緩和されてくる。

全く知らない場所でなく、ほんの少しでも知ってる場所に似ているという安心感からだろうか。ソファに深く腰掛けて、僕は安堵のため息をついた。

そして少しリラックスできたことで、新たな疑問も生まれた。

……なんでスタジオっぽい部屋に通されたんだろう？

他のスタッフさんと鉢合わせしないように気を遣ってくれたんだろうか。知っているスタッフさんはトオルさんと音更さんくらいだからなー……。

鉢合わせしても気の利いた会話ができる自信がない。でもちょっと気になるのは……トオルさんが言っていた「楽しみにしててね」の一言だ。

あの一言と、この部屋に通されたことは何か関係があるんだろうか？

あれかな、僕と七海の写真でも撮ってくれるんだろうか。せっかく髪も切ってセットしたんだし、記念に……とか？

それは考え過ぎか。たまたま空いてる部屋がここだったってだけだろう。

「お待たせ～。とりあえず、お茶とクッキー持ってきたからこれでも食べててよ。たぶん後一～二時間くらいで七海の方も終わると思うからさ」

「ええ……？　女性は時間がかかるってのは聞いたことあったけど、まだそんなにかかるんだ……」

紅茶とクッキーを持ってきてくれた音更さんの衝撃の発言に、僕は驚いてしまう。僕が行っていた千円カットなんて三十分もかからないのに。女性は大変だなぁ。

「まぁ、ケアとか他にも色々あるからねぇ。好きな男に少しでも綺麗に見られたい女心ってやつだから、理解してやってよ」

「七海が僕のためにってやってくれてるなら、待つのは平気だし理解もするよ。そうじゃなくて、七海が疲れないかが心配だなぁって思ってさ」

「……そういうところホントすげーよな簾舞は……。美容院に一緒に来てくれる兄貴でさえ、長すぎるって文句言って別の場所で時間潰してるのに……」

「でも、総一郎さんも一緒には来てくれるんでしょ？　良い彼氏さんだと思うよ。格闘家で義理のお兄さんって……なんかドラマっぽいよね」

「……まぁね。色々あったけど、両親も認めてくれたし……。高校卒業したらさ、二人暮らしするんだー……」

頬を染めた音更さんは、少しだけ照れながら幸せそうな笑みを浮かべた。

それにしても、もう二人暮らしの計画を立ててるとか、なんとも羨ましい話だ。まぁ、義理のお兄さんだから計画しやすいってのも大きいかもしれないけど。

「それじゃあ、ゆっくりと……七海の登場を楽しみに待っていなよ。私は仕事に戻るから

「あ、うん。引き留めてごめんね。仕事、頑張って」

手をヒラヒラと振りながら、音更さんは爽やかな笑顔を残して部屋から出て行った。後に残された僕は、静寂に包まれた部屋の中で一人……どう時間を潰そうかと思案する。

スマホゲームでもしようかな？　バロンさん達は今ならいるだろうかとチャットを覗いてみると……。うん、割と人はいるね。

美容院だし、音声はなしで文字だけにしておこう。

『おや、今日はシチミさんとデートじゃあなかったのかい、キャニオン君？』

「今は美容院で、彼女待ちなんです。あと一～二時間くらいみたいなんで、ちょっとだけ付き合ってもらえます？」

『あぁ、いいよ。デートに勉強にゲームにと、高校生は大忙しだ』

「バロンさんはいいんですか？　単身赴任中とはいえ、奥さんに会いに行ったりとかは……？」

『あぁ、心配ないよ。昨晩は妻がこっちに来てくれたからさ。会うの久しぶりだったから、まだ寝てるんだよ』

その発言になんだか大人の匂いを感じたけれども、僕はそれ以上特に突っ込むことはしなかった。突っ込んでもはぐらかされるのは明らかだし、その辺はプライベートだから……と思ってたんだけど。

『もう、聞いてよキャニオン君。久々に会った妻がね、会うなりギュッってしてくれたんだよ！　デレ期!?　何なのコレってくらい可愛いし嬉しかったよ！　思わず抱き返して、さらにお姫様抱っこまでして運んだよ！』

ゲームをしながら、バロンさんはよっぽど嬉しかったのか、久しぶりに会った奥さんがいかに可愛いかをとうとうと語る。

そこからは大惚気大会の始まりだった。聞いてるこっちが照れるくらいに惚気まくる。

バロンさんがこうなるとは珍しい。よっぽど嬉しかったのかな。

詳細は伏せて喋っているけど、昨日はイチャイチャし通しだったのは明らかだ。色んな意味で。

『久々に食べた奥さんの手料理は美味しかったよー……。正直ね、君達カップルがお互いに手料理作り合ってるのが羨ましくて羨ましくて……』

「バロンさんは、料理しないんですか？」

『するけど簡単なものばかりだなぁ……。まぁ、今日の朝食は僕が作るつもりだけどね。妻が起きたら一緒に食べるんだ』

こんな感じで、バロンさんの報告と惚気は止まらなかった。怒涛の勢いである。

珍しく僕が聞き手に回ってるなぁと思いつつ。その後も色々と夫婦の話も聞けた。

『僕、転職しようかなぁ。今の仕事って転勤多いんだよねぇ……あっちこっち行ってるんだよ』

「そんなに転勤、多いんですか？」

『うん。僕の勤めてるところはあっちこっち行かされるよ。まぁ、北海道から沖縄まで全国行ったり来たりしてる友人もいるから、それよりはマシかな？』

「それは……大変なんですね……」

さっき高校生は大忙しと言ってたけど、バロンさんの方がよっぽど忙しそうだ。

大人の世界の大変さと厳しさを垣間見た僕に、バロンさんは『彼女と長くいたいなら、転勤の少ない仕事にした方が良いよ』とアドバイスをくれる。

つい昨日も将来を考える機会があった。音更さん達の関係といい、僕の周囲は堅実に将来を考えている。さっきの音更さんの二人暮らしもそうなんだろうな。

転勤が多い仕事ってのはちょっときついな。父さんと母さんは出張って形で、転勤まではいっていない。出張も長ければ一ヶ月、短ければ数日だ。

就職する時はその辺も考えないと……でも入らないと分からないっていうよなぁ。

……気づけば七海と一緒にいること前提で考えてるな。いや、いいんだけどね。重くならないようにだけは気をつけないと。

そんな話をしながらゲームをしていると、部屋の扉からノック音が聞こえてくる。

七海、終わったのかな？

「バロンさん、すいません。どうやら終わったみたいなんでこれで失礼しますね」

『そっか。僕も妻が起きる時の鳴き声が聞こえてきたから行ってくるよ。この声がまた可愛いんだよね～』

奥さんは猫かなんかですかと思ったが、僕はその辺は黙りつつゲームを終了する。

「どうぞー。って僕が言っていいのだろうか？　まぁ、いいか。入って大丈夫ですよー」

「はァーい。陽信くーん、七海ちゃん終わったわよー。お待たせェ」

扉を開けて入ってきたのは、トオルさんだった。

いや、トオルさんだけじゃない。トオルさんと……数人のスタッフさんが後ろに控えており、七海の姿はどこにも見当たらない。

あれ？　終わったんじゃないの？

「それじゃあ、ここからが仕上げねェ？　みんな！　やっておしまい！」

「ラジャー！　店長!!」

はい？

トオルさんは、まるで悪役のような号令をかけつつスタッフさん達に指示を飛ばすと、彼等は僕に向かって突進する勢いで迫ってきた。

あまりにもあっという間の出来事で、僕はスタッフさん達に取り囲まれてしまう。

「え⁉　ちょっ⁈　なにを……いや、ちょっと待ってなんで脱がそうとするんですか⁉」

「いいから大人しく脱ぐ‼　大丈夫怖くないから‼　あら、細いけど結構良い筋肉してるのね、これは眼福かもしれない」

「髪のセットは任せてねぇ～。とりあえずウィッグはなしでそのままでいくなー？」

「ぐふふふ……現役男子高校生の筋肉……良い‼　腹筋も割れてる……店長には感謝しかない‼　さすがに全裸にはしないから、大人しくこの服に着替えてねぇ～」

いや、キャラ濃いスタッフさん多いな⁈

まさぐるような真似はしてこないけど、的確に僕の服を脱がしてくる。

スタッフさんに囲まれた僕は、そのまま指定された服を着せられ、椅子に座らされ、髪を整えられ……なすがままになっていた。

唐突なその行動に対して頭の整理が追い付いていないために、放心状態で言いなりになってしまっているというのも大きいかもしれない。

なんで服？　いや、何の服ですか？　それに髪は切ってもらったばかりだけど……？

いや、そもそも七海は……？　疑問が頭に浮かんでは消え浮かんでは消え、あっという間に僕に対する嵐のような手入れは終了する。

気づくと僕は、先ほどまでとは全く違う服装に着替えていた。白を基調とした、見慣れない服だ。

いや、見慣れないと言ったけど見たことはあるかもしれない。これって……スーツ……じゃなくて、タキシードみたいなものか？

……いや、なんで僕はタキシードに着替えさせられてるんだろうか？

「あらァ、似合うわねぇ。サイズもピッタリ。うん、とってもカッコいいわァ」

「いや、あの、トオルさん……説明をいただけませんか……？」

「七海ちゃーん？　準備できたから入って来て良いわよー？」

「えー……？　ここで無視ってどういう……こと……で……す……か……？」

僕のトオルさんに対する抗議も含めた疑問の声は、部屋に入ってきた七海の姿を視界に入れたとたんに霧散してしまう。

別にそこが何かに照らされていたわけじゃない。部屋の明かりは普通だし、僕の目がおかしくなったわけじゃない。だけど僕には、そこだけがまるで光っているように見えた。

明かりに魅せられた虫みたいに、そこから目が離せない。

いつだったか、学校の課外授業で美術館に行った時に見た絵画よりも、その存在に僕は大きく心を揺さぶられた。

そこには……僕と同じく白を基調としたドレスに身を包んだ七海の姿があった。

そのドレスにはレースがふんだんにあしらわれながらも、大胆に肩から胸元を露出している。しかし、矛盾するような事を言うけれど……。そこまで大胆に露出しながらも清楚さを一切失っていない。

緩くウェーブのかかった髪が、右肩から鎖骨のラインにかかっていた。

スカートは床に接するか接しないかのギリギリの長さで、大きくふんわりと広がっている。まるで湖面に広がった純白の華のようだ。

アクセサリーの類は何もつけていない。ただ、七海本人とドレスだけで……まるで繊細なバランスで組み立てられた芸術品のようで、僕は息をするのも忘れてその姿に見惚れていた。

呼吸機能まで金縛りにあったような錯覚から解放され、やっと呼吸ができるようになった僕はその姿を、まるで花嫁のようだと思った。

花嫁……誰の……？　……僕の？

よく見ると、七海は少しだけ頬を染めて上目遣いで僕の方へと視線を向けている。彼女もどこか恍惚としていて……そんな彼女と僕の視線が交差する。

交差した視線がパチリと光を発したような、そんな気持ちになる。

「綺麗だ……」

思わずポツリと呟いた僕の言葉は、そのまま静まり返った部屋の中に響き渡った。僕の周囲にいるみんなも、七海に見惚れているのか言葉を失っていた。

僕の言葉に、しばらくの間返答はない。僕等はただ、お互いだけを視界に映す。

「……ありがと……陽信もカッコいいよ」

ゆっくりと、七海は微笑みながら僕の言葉に返す。僕は彼女から受けた言葉を同じくらいゆっくりと咀嚼した。

七海は更に頬を染めて僕を褒めてくれるが、嬉しさよりも僕は今の七海に触れたい衝動を抑えきれなくなっていた。だから、少しずつ、慎重に彼女に近づいていく。

急いで近づいたら遠のいてしまうような……砂漠で蜃気楼を見た時の気分はこんな感じなんだろうか？　幻想的なその光景が現実のものか、僕には確信が持てない。

ゆっくりと、一歩ずつ、確実に近づく。

七海はただ黙って僕のことを待ってくれていた。僕が彼女のところまで辿り着いた時、

まるで数日も歩いてきたような気持ちになる。

やっと……近づけた。そう思った時、彼女の頬に僕の手が触れる。

七海はほんの少しだけ、反射的にピクリと身を震わせたけど……そのまま触れた僕の手を取る。気が付いていなかったけど、手には真っ白い手袋を着けていた。

滑らかな絹の手触りが、僕の手に伝わってくる。

現状がどうなっているのかなんてどうでもよくなった僕は、そのまま七海の肩に手を置いて、彼女に対して顔を近づけようとして……七海の奥にいる人達に気が付いた。

というか、爛々と光る目に気が付いた。今までの幻想的ななにかに浸っていた僕は、一気に現実に引き戻された、慌ててそちらに視線を向ける。

当たり前だけど、そこには見知った顔ばかりがいた。

七海の家族、僕の家族、音更さん、総一郎さん、神恵内さん、居辺さん、翔一先輩……。

みんな微笑ましいものを見る温かい目……ではなく、そこには決定的シーンを見逃すまいという肉食獣のような目を持つ人達が僕等を見ていた。

皆を見つけて現実に引き戻された僕は、彼等の視線で我に返ってしまう。

「ななな……なんでみんないるんですか?!」

「ん？　いやぁ、我々は今日ここで面白いことをやると聞いてね。ほら、私達は気にせず続けて続けて」

「厳一郎さん、父親が娘とのキスを咎めなくていいんですか？　こういう時は反対するものじゃないんですか？」

　いくらなんでも両家の両親の前でキスをしたことはないから、思わず反論してしまう。だけどみんな、一斉に大きなため息をついて苦笑していた。

　……してないよね、キス？　しようとしたことはあったけど……。え？　なんなのその今更ってリアクション？

「うーん、今更じゃないかい？」

　思ってたことを見事に言われた。厳一郎さんのその一言に、全員が一斉にうんうんと頷く。

　え？　なに？　打合せでもしてたみたいにピッタリなんですけど？

「まぁ、説明するとせっかく二人で予約してたから、店長とどうせなら少し遅めの一ヶ月経過記念に結婚式っぽい写真を撮ってあげたいなって話になって……」

「初美ちゃんにお願いして、人を集めてもらったのよォ。みんなノリノリで来てくれたわァ」

「もう結婚しろよってみんな思ってただろうから、集まり良かったわー」

混乱する僕に二人は現状を説明してくれた。よく見ると、男性陣はスーツ、睦子さん、沙八ちゃん、音更さん、神恵内さんはドレスっぽい服だ。

華美ではなく、かといって地味でもない。全員が絶妙なバランスのドレスを着ている。色もそれぞれ違っていてどこか華やかな雰囲気だ。

僕の両親は揃ってスーツだ。母さんはドレスじゃなくてネクタイをしている。まぁ、母さんのドレス姿は想像つかないから全然いいんだけど……。

問題はその隣だ。隣の先輩。

何故か僕の両親の隣にいる翔一先輩は……黒いタキシードを着て蝶ネクタイをしている。いや、なんでうちの両親の横にいるの先輩？

僕の怪訝な視線に気づいたのか、先輩は嬉しそうに片手を上げて僕に応える。いや、何着ても似合うなこの人。

「翔一先輩……えっと……いいんですか部活行かなくて？　大会近いんですよね？」

「ん？　この撮影が終わったらもちろん行くよ。親友の晴れ姿を見たいと思うのは当然だろう。あ、陽信君のご両親にも挨拶させてもらったよ」

別に晴れ姿ってわけじゃないんですけどね。今日は普通の日です。

父さん達に視線を移すと、なんか感動してる。

「陽信……いつのまにか良い友人もできて……」

「お父様、お母様、陽信君の事は僕にお任せください！」

そう言って、翔一先輩は父さんと固い握手を交わす。……いや、いつの間に僕の両親と仲良くなってるんですか。この人、無敵か？

「ほらほら、二人とも。キスはもうちょっと待ってねェ、お化粧崩れちゃうかもだから。お写真撮りましょうねぇ」

……そういえばと、僕は七海の肩を掴んだままだったのを思い出す。慌てるのも癪だったので、僕はゆっくりと七海から手を離した。

七海が小さく残念と呟いて、僕等はトオルさんに促されるままにスタジオの中央部分に背中を押されるように移動する。

そこにはいつの間にか、既に撮影のセットができていた。もしかしたら僕が入ってきたときにはできていて、ただ気づかなかっただけかもしれないけど。

確かにさっき気付かなかったらキスしちゃってたかも。ちょっと残念かもだけど皆に見られていたらと思うと……想像するだけで頬が熱くなる。

僕はそれをごまかすために口を開いた。

「トオルさん、こういうのって凄く高いんじゃないんですか？　確かに記念にはなりますけど……」

「子供がそういうのを気にしないの。それにほら、写真を店内に飾ればうちの良い宣伝にもなるからねェ。代金はサービスしても充分お釣りがくるわ」

「……飾るんですか？」

「ご両親からオーケーは貰ってるわー」

トオルさんは楽しそうに準備を進めていた。いつの間にか了承していた両親に、僕は責めるような視線を送る。だけど、両親は僕の視線に気づいているのかいないのか……。いや、気づいているけど無視しているな。

えー……僕の写真飾るの……？　七海なら絵になるけど……僕はちょっと勘弁してほしいかも。

「えーっと……。あ、そうだ。結婚前にウェディングドレスを着ると、婚期が遅れるって言いませんでしたっけ？　それは……えっと……」

「ちゃーんと相手がいるのに、婚期って遅れるのかしらァ？　それに、そのドレスってウェディング風ドレスだから、たぶん大丈夫じゃない？」

「ひどーい、陽信、私とは結婚したくないのー？　前に結婚したいって言ってたのにー」

なにウェディング風って。せめてもの抵抗に発した言葉も、七海とトオルさんのタッグにからかうようにかき消された。その聞き方は卑怯だよ……。確かに僕は言ったしね。

その後も色々と言い訳の言葉を思い浮かべるんだけど、何を言っても僕の発言は論破されて終わりそうな未来しか見えなかった。

だから僕は降参するように両手を上げて、大人しく写真を撮られることにする。もうどうにでもなれだ。何事も度胸だ。

それに、これだけ綺麗な彼女と、高校生のうちに結婚式みたいな写真を撮ってもらえるなんてめったにないんだから、前向きに喜んでおくさ。喜ばないとバチが当たる。

「はーい、それじゃあ二人とも笑ってねェ、写真撮るわよォ」

そして撮影会が始まった。

腕を組んだり、手を繋いだり、音更さんと神恵内さん、総一郎さんに居辺さん、それに翔一先輩と一緒に撮ったりもした。

七海と七海の家族の写真や、僕と僕の家族の写真も撮ったし、逆に僕が厳一郎さん達と撮ったりもした。

「父さんも母さんも……よくもまぁ僕に内緒で用意してたよね……」

「あら、息子の晴れ姿を見られる機会があるんなら、なんでもするわよ？」

「そうだな。見られないかもと思ってた晴れ姿だからな、感無量というものだ」

よく見ると、二人とも目尻に涙を浮かべているように見える。

……確かにまぁ、七海と一緒にいる時に彼女ができたって言っただけで驚かれたのに、こんな風に擬似結婚式までやったら喜ぶか。僕だって両親には見せられないと思ってたんだ。

だったら今は存分に親孝行……になるかは分からないけど、好きにさせておこうと思った瞬間、母さんが爆弾を落とす。

「後はあれね。孫の顔がいつ見られるかね。そうなると大学生のうちに学生結婚もありよね……でも学業しながらの出産は厳しいからやっぱり卒業後かしら」

ここ最近色々と悩んでいたこともあり、いきなりぶっこまれたことに僕も七海も声を荒らげてしまう。

「母さん?!」

「志信さん気が早いです……。私はその……新婚の間は二人だけの時間も楽しみたいなって思ってますし……」

「七海も落ち着いて!! 女性の結婚年齢は十八からだからね！」

顔を真っ赤にしながらも七海は僕との新婚生活を想像したのか、嬉しそうに笑みを浮かべる。僕のツッコミも混乱したせいで変なものになってるし。問題はそこじゃない。

「そうよね、確かにしばらくは二人きりが良いわよね。家も借りないと……」

「あらあら楽しそうな話ですねぇ。うふふ、私も交ぜてくださいます？」

やばい、燃料が来た。ドレス姿でしている気の早い話に、睦子さんも参加する。

こうなるともう止まらない。女性陣の話の盛り上がり方に、僕ら男性陣は顔を見合わせながら、少しだけ肩を竦めた。

そんな様子も、トオルさんは楽しそうに写真を撮っている。

これもいい思い出かな？　と、僕はトオルさんに視線を送ったらトオルさんも僕にウィンクを返し、僕は思わず苦笑を浮かべた。

写真を沢山撮影し……最後にはトオルさんも入って全員の写真を撮ったりもした。

これは本物の結婚式ではない、ただのドレスアップしての記念撮影だけれども、みんな僕等を祝福してくれてる。

「最後に二人の写真で締めましょうかァ。陽信君、お姫様抱っこできる？」

「余裕ですよ。僕が何のために筋トレしてると思ってるんですか」

トオルさんのその言葉に、僕は胸を張って答える。

いやまぁ、何のためといったら別になんか目的があったわけじゃなくてなんとなく鍛えてきただけなんだけどさ。それでもあえて言う。七海のために鍛えてきたと。全てはこの時のためだと。

問題は、僕がお姫様抱っこをしたことがないくらいか。見たことはあるけど。

「えっと……それじゃいくよ」

「うん、来て」

緊張から唾を飲み込む。そして僕はゆっくりと七海の膝の裏と腰に手を置くと……七海はゆっくりと僕に身体を預けてきた。信頼しているのか、それはとてもスムーズだった。

一瞬だけ手に重さを感じたけど、すぐに僕はその重さを忘れる。軽い、軽いじゃないか。これくらいなら僕は平気でできる。自分を鼓舞するように心の中で僕は叫ぶ。

そして、七海の身体を僕は持ち上げる。すぐにお姫様抱っこの体勢になると、彼女は嬉しそうに僕の首元に手を伸ばしピタリとくっついてくる。

ちゃんとできたことに、思わず笑みが零れる。

……なんか沙八ちゃんが「いいなぁ、私もされてみたいな。してもらおうかな……」って呟いてたけど……。沙八ちゃん悪いけど七海専用なんで。

なんか、厳一郎さんが顔を引きつらせているね。

そんな風に視線を彼等に向けていると、くっついてきた七海が嬉しそうに口を開いた。

「陽信、夏休みもいっぱい遊ぼうね。それにこれから先……ハロウィンだってあるし、クリスマスやお正月、来年にはバレンタインもあるし……」

「イベントが目白押(めじろお)しだね。去年までは一人だったから、ちょっとピンとこないなぁ」

「じゃあ、これからは私がピンとくるようにしてあげる……。ずっと一緒にいようね？」

「もちろん、ずっと一緒だよ」

七海の顔が至近距離(きょり)にある。昨日、僕が起き上がった時のような勢い任せじゃなく、僕の意思で彼女との距離が短くなっている。

いくら筋トレをしているとはいえ、僕の筋トレは素人(しろうと)の趣味(しゅみ)だ。だから、すぐに限界が来ると思っていたのに……いつまでも七海を抱(かか)えてられそうだった。

くっついていた七海は一度離(はな)れると、僕の頬に自身の唇(くちびる)を触れさせ、僕はそのお返しに彼女の頬に自身の唇を触れさせた。

それが周囲を煽(あお)る結果となってしまったのか……キスしろというコールが周囲から聞こえてくる。マジかよ……みんな酒飲んでないよね？　酔(よ)ってないよね？

トオルさんはその瞬間を見逃さないようにカメラを構えていた。プロ顔負けだなこの人。

「……どうする？」

「……恥(は)ずかしいけど収まりそうにないし……やっちゃおっか」

そうは言ってても緊張する。かといってここでやらなかったらそれはそれでブーイングなろう。

んだろう。……いや、違うな。周囲は関係ない。僕が七海とキスしたいかどうかが重要だろう。

そして僕はそのまま彼女とキスをしようとして……。

バランスを崩した。

僕が後ろに倒れ、七海は僕の上に乗る形になる。

いや、さすがに慣れない筋肉を使ってるから限界が来た!! 周囲からはヘタレとか何やってんだとか野次のようなブーイングが飛んでる。仕方ないじゃない。

まるで昨日の七海の部屋の再現みたいに、転んだ僕の上に七海がいた。僕と七海は顔を見合わせて……思わずふっと笑う。そして、僕の上にいた七海が素早く移動する。

彼女はそのまま倒れている僕の頬を軽く掴むと、僕の唇に自分の唇を重ねた。

倒れたまま、僕と七海はキスをする。

不意打ちだけど僕はそこまで驚きはしなかった。きっと、七海はするだろうなと思ってたからだ。でも周囲はそうはいかない。写真を撮る音や、みんなの歓声、祝福の声が聞こえてきて、僕らは幸せな気持ちになる。

たっぷりと唇を重ねて、七海が静かに僕から離れる。

「……愛してる」

倒れたまま、僕の上に乗った彼女は唇を離した後に歯を見せながら無邪気にニッと笑った。僕も負けじと彼女に笑顔を返す。そして、倒れたままの彼女を抱きしめた。

僕の腕の中で幸せそうな笑みを浮かべる七海を見て、僕は確信し……もう一回、今度は僕から彼女に口付けをする。また、みんなが写真を撮るような音が聞こえてくるが、僕はその幸せな音を耳にしてさらに彼女を強く抱きしめる。

キスを終えた後も、僕等は抱きしめ合った。

僕等はお互いに接点のない二人だった。

そんな僕らが、こうやって今では二人でいられる。

それが何よりも……幸せだと感じる。七海もそうだと感じてくれてるだろうか？

「陽信、私……幸せだよ」

僕の心を読んだようなその言葉に、僕は思わず笑みを浮かべ、七海も蕩けるような綺麗な笑みを浮かべる。

きっと、色々なことが変わっていくと思う。

高校を卒業したら、環境が変わる。

もしかしたら、喧嘩だってするかもしれない。

お互いの夢を叶えるために、離れる事だってあるかもしれない。

だけど今の気持ちは変わらない。七海を好きだって気持ちは、変えない。

罰ゲームで告白してきたギャルと、一人ぼっちの陰キャだった僕……そんな二人の日々は……これからもずっと続いていく。

新たに決意した僕は確信を持って……七海をまた強く抱きしめた。

昨日は本当に楽しかったなぁ。嬉しかったなぁ。一晩経って、放課後になったってのにまだ余韻が残ってるよ。昨晩は興奮してちょっと寝不足だし……。

「七海……大丈夫？　なんか目、ショボショボしてない？」

「んー……だいじょぶー……。あ、やっぱちょっとダメかもー……」

私は目を軽くこすりながら、隣で心配する陽信にぽてっと頭を預ける。教室内には私達以外にも何人かいるけど、私の行動にも慣れたのか、見られることも少なくなっていた。

まぁ、陽信はイチャついてるなぁとか言われてるけど。いーじゃん、彼氏彼女なんだからイチャついたってー。そもそも、悪いとは言われてないか。

「そんなに眠いのに、授業中は一切寝てないってのは凄いね……」

「授業は大事だから。陽信も授業はちゃんと聞かないとダメだよ？」

「はい、肝に銘じます……」

ちょっとだけショボンとして、陽信は頭をポリポリとかく。最近の陽信はちゃんと勉強しているけど、たまに居眠りしちゃってるからね。

ま、私が勉強を教えてあげればいいんだけど……。でも、ちゃんと起きるクセつけとかないといざって時に困るからね。ここは心を鬼にしないと。

この程度で鬼かって言われちゃいそうだけど。

「今日、これからどうしよっかぁ……どっか遊び行くー？」

「そんな眠そうな目で……。今日はもう帰って寝た方がいいんじゃない？　最近、体力使ってるから体調崩すよ」

「わー、陽信がなんかお母さんみたいなこと言ってるー……」

私は力なく笑うけど、陽信から頭をポンポンとされてしまう。あ、ダメだ、寝そう。ホントに今日はもう限界かもしれない。眠い。

興奮し過ぎた反動が来たのかぁ。確かに、ここ最近は土日も遊びっぱなしでのんびりすることがあんまりなかったもんね……。

私が大きなあくびをすると、陽信もつられてあくびをする。あくびってうつるよね。

「じゃあ……ふわ……。今日は私んちで一緒に寝よっか……」

「七海、一緒に寝たことな……。……ない……こともないかもしれないけど、学校でそれを言うのはやめようか、誤解が広がる」

一瞬周囲がざわついた気がする。眠くて頭がうまく働かない……。

私はそのまま陽信に促されて立ち上がると、彼に掴まってフラフラと下駄箱まで移動する。

だめだ、眠気を自覚しちゃうと一気に来た。フラフラ、フワフワ……彼に支えられながら、一緒に歩く。

さすがに靴はちゃんと自分で履かないと……履かせてもらうのもいいけど……。そう考えて靴箱を開けたら……なんか一枚の紙が入っていた。

ただのコピー用紙で、真ん中で折られている。なんだろこれ？

ほとんど文字の書かれていないその紙を、私は無防備にも開いた。開いてしまった。

私の寝ぼけていた頭は、一瞬で覚醒する。まるで氷水を直接頭からぶっかけられたみたいに、全身が冷えて……私は目を見開いた。

その紙には、中央にポツンと……一言だけ書かれていた。

『罰ゲーム、まだ続いてるんですか？』

あとがき

無事に五巻が発売できたことにホッとしています。皆様こんばんは、結石です。

そして、五巻の発売が一ヶ月ほど遅れてしまったことをここにお詫びいたします。制作の遅れではなく、色々と事情がありまして……。

ともあれ、無事にお届けできたことを嬉しく思っております。

第二部がスタートと銘打った今巻ですが、楽しんでいただけましたでしょうか。全てが決着した後の話の最初を楽しんでもらえてたら幸いです。

私自身、四巻で完全に終了と思っていたのでこの五巻出版は嬉しいお話でした。

作品に対する評価というのは、読者の方々に委ねられています。作風の合う合わない、面白い面白くないというのはその人の主観によるところが多く、全ての人に受け入れられるというのはおよそ不可能なものです。

おそらく、四巻までで綺麗に終わった方が等、続刊に関しては賛否両論あると思います。

それでも、少しでも楽しい物語をお届けしたいというのは作者としての本音です。これからも楽しんでいただけるようにラノベ作家として頑張っていきます。

さて、十二月一日をもって私はラノベ作家としてデビュー一周年を迎えることができました。二年目最初の本が、この五巻となるわけです。

長いようで短かった一年でした。この一年で本を四冊、コミカライズ、更には英語版や台湾版などの海外版を出させていただけたりしました。

特にコミカライズについてはネームを確認するのですが、私の書いた文章が漫画になるとこうなるのかと毎回感動しています。

神奈なごみ先生が今後どう描かれるのか、私も一読者として非常に楽しみにしていたりします。七海が可愛いんですよホントに。漫画だとまた別な破壊力があります。

五巻のイラストはいかがでしたでしょうか。かがちさく先生の描かれる七海たちも非常に可愛らしく……毎回色々な衣装を着た彼女達を描いていただいております。

今回は一足早く水着になっていただきました。そうそう、メロンブックス様ではタペストリーも出させていただけて……こちらも素晴らしいイラストとなっています。

かねてより憧れていたことが次々にできている人生です。一月が誕生日なんですが、早めの誕生日プレゼントを貰えた気分です。

担当編集の小林様には感謝してもしきれません。これからも続きを出せるように頑張りますのでよろしくお願いいたします。

そして、たぶん予告が出ていると思いますが、幸いにして六巻は出ることが決定いたしました。あの引きで六巻が出なかったらどうしようかと思いましたが……。これも関係者、読者の皆様のおかげです。

一巻から四巻について、私の中で一つのテーマを持って書いていたのですが、五巻からも一つのテーマに絞って書いてはいたりします。

私が想定している結末まで書ければなぁと思いつつ……現在六巻を執筆中です。

それでは、また次巻でお会いできましたら幸いです。

２０２２年12月　六巻を頑張って書いてます。結石より。

次巻予告
迫りくる期末テスト…
更には夏休みも始まって!?

不穏な手紙が入っていたことを陽信に伝える七海。
念のため茨戸家に関係者で集まり、対策を考えるものの、
特にいい案も浮かばず実害も無いことから放置することに決まった。

そんな矢先、期末テストがすぐそこまで迫っていることに今更気づいた二人。イチャイチャしすぎて勉強を疎かにする訳にはいかない……陽信と七海は一緒に勉強会をすることに！

更に、デートのし過ぎで所持金が心もとない陽信はアルバイトを決意して――？

夏祭りに花火大会と盛りだくさんなイベントを二人はどうイチャイチャしていくのか!?

今回も書き下ろし激増の最新第6巻！

陰キャの僕に罰ゲームで

告白してきたはずのギャルが、どう見ても僕にベタ惚れです

著・結石

画・かがちさく

2023年6月1日発売予定!!

HJ文庫 https://firecross.jp/
1056

陰キャの僕に罰ゲームで告白してきたはずのギャルが、どう見ても僕にベタ惚れです 5

2023年1月1日　初版発行

著者——結石

発行者—松下大介
発行所—株式会社ホビージャパン

〒151-0053
東京都渋谷区代々木2－15－8
電話　03(5304)7604（編集）
　　　03(5304)9112（営業）

印刷所——大日本印刷株式会社

装丁——AFTERGLOW／株式会社エストール

Printed in Japan

ISBN978-4-7986-3039-7　C0193

ファンレター、作品のご感想お待ちしております

〒151－0053　東京都渋谷区代々木2－15－8
(株)ホビージャパン HJ文庫編集部 気付
結石 先生／かがちさく 先生

アンケートはWeb上にて受け付けております

https://questant.jp/q/hjbunko

- 一部対応していない端末があります。
- サイトへのアクセスにかかる通信費はご負担ください。
- 中学生以下の方は、保護者の了承を得てからご回答ください。
- ご回答頂けた方の中から抽選で毎月10名様に、HJ文庫オリジナルグッズをお贈りいたします。